世界传世经典阅读吧

托尔斯泰的感悟

张秀章　解灵芝　编

吉林人民出版社

图书在版编目(CIP)数据

托尔斯泰的感悟 / 张秀章, 解灵芝编. -- 长春：
吉林人民出版社, 2012.4
(世界传世经典阅读吧)
ISBN 978-7-206-08744-8

Ⅰ.①托… Ⅱ.①张… ②解… Ⅲ.①托尔斯泰,
L.N.(1828~1910) – 语录 Ⅳ.①I512.14

中国版本图书馆 CIP 数据核字(2012)第 068460 号

托尔斯泰的感悟
TUOERSITAI DE GANWU

编　　者:张秀章　解灵芝
责任编辑:王　丹　　　　　　　　封面设计:七　洱
吉林人民出版社出版 发行(长春市人民大街7548号　邮政编码:130022)
印　　刷:北京市一鑫印务有限公司
开　　本:670mm×950mm　　1/16
印　　张:13.5　　　　　　　　字　　数:160千字
标准书号:ISNB 978-7-206-08744-8
版　　次:2012年4月第1版　　　印　　次:2023年6月第3次印刷
定　　价:48.00元

如发现印装质量问题,影响阅读,请与出版社联系调换。

目　录

人类·自然

世界上最不可理解的就是人类。

《弹子房记分员手记》

每个人都拥有一个特定的本质，人类当中有好人、有坏人、有愚蠢的人、有感觉迟钝的人、有精力充沛的人这样的想法，是普遍存在的一种迷信。人类并不是这样被分类的。我们在看某个人的时候，多半会认为他是好人而不是坏人、聪明而非愚蠢、灵敏而非迟钝，当然也可能会有相反的看法。所以，我们常说某人很坏而且愚蠢，或者说那个人是好人而且很聪明，不是也有可能是错误的看法吗？然而，我们经常如此来分类人们。这并不是一个正确的做法。人类就如同河川一样，任何一条河川的水都是水，不会改变，只是有的河川水势很小，有的河川水势很大，有的流速很快，有的很慢，有的河水清澈见底，有的却很污浊，有的河水非常清凉，有的河水却很温暖。人类也是一样的。每个人类都拥有全部特质的种子，有时是某个特质萌芽了，有时则是另一个特质萌芽。所以，同样的一个人在不同的时候，常常展现出来的是完全不同的人。

《复活》

这年夏天聂赫留朵夫在姑姑们家里体验到一种昂扬兴奋的心境。凡是青年人，不经外人指点而第一次自己领会了生活的全部美丽和重要，领会了人在生活里所应该做的工作和全部意义，看到了人本身和全世界都有达到无限完美的可能，因此专心致志于这种完美，不但满怀希望，而且充分相信能够实现他所想象的全部完美的时候，都会生出这样的心境。

《复活》

动物以及身为动物之一的人类，他们的生活，是永不中断的痛苦之连锁，他们的所有活动，全都只因痛苦而起。痛苦，是一种病的感觉，一种在思考如何除去这种病的感觉之时，以及想要制造快乐之时的病的感觉。动物和人类的生存，不仅遭到痛苦的破坏，还靠痛苦来完成。痛苦推动着生命前进，所以痛苦是不可避免也不可欠缺的。

《人生论》

肉体的痛苦，是人类的生活以及幸福不可欠缺的条件。

《人生论》

如果人们不能在所有的邻居心中，见到自己及所有人类的相同灵魂，那么他并非清醒地活着。只有在所有邻人心中见到自己与上帝的人，才是真正清醒地活着的人。

《人生之道》

"戒杀"并非只关于人类，而是关于所有拥有生命的东西。这个戒条在刻上石碑之前，早已刻在人们心中。

《人生之道》

不受任何事物拘束的自由，以及不受他人意志左右的自主生活，对人类来说，是最珍贵的事情。而唯有灵性的生活，才能达到自由与自主。为了能过灵性的生活，不能不压制肉体的欲望。

《人生之道》

如果人们以为在他眼里所见到的一切，就是我们无限的世界，那么他就犯了一个很大的错误。人类对于外界的认识，只不过是因为拥有视觉、听觉、触觉的缘故罢了。假如这些感觉有什么特别的地方，这个世界就可能也会有什么特别之处。因此，人们不但不了解所居住的这个世界，也无从得知。能真实地完整地了解这个世界的只有一个，那就是我们的灵魂。

《人生之道》

人类比动物优秀，并非是因为人类可以左右动物，而是因为人类能够怜惜动物。人类之所以能怜惜动物，是因为人类可以感受到动物也拥有和我们心中相同的灵魂。

《人生之道》

人类吃食动物并没有罪恶感，这是假传教士教导人们上帝会宽恕吃食动物的人的缘故。但是，即使在某书上写着："杀食动物没有罪"，在每个人的心里，会比在任何书中还清楚地写着："人不能不爱惜动物，而且和人类一样，不能杀害。"只要良心没有被抹杀掉，这是人人都理解的事。

《人生之道》

这个世界上，没有比灵魂更崇高的东西，而这个灵魂就住在所有人类的心中。因此，这个世界上所有的人，皇帝也好，犯人也好，主教也好，乞丐也好，都是平等的。那是因为，在所有人的心中，都有着世界上最崇高的灵魂。人们敬重皇帝或主教而轻视乞丐及囚犯，就如同一枚包着白纸的金币及一枚包着黑纸的金币，人们总是较看重前者。所有人们的心中都有和我们自己心中一样的灵魂。因此，我们必得在胸中谨记，不论对任何一个人，都要抱着同样慎重的态度及同样的尊敬。

《人生之道》

尽管好几十万人聚集在不大的一块地方，千方百计把他们聚居的那块土地毁坏得面目全非，尽管他们把石头砸进地里去，不让任何植物在地上长出来，尽管出土的小草一概清除干净，尽管煤炭和石油燃烧得烟雾弥漫，尽管树木伐光，鸟兽赶尽，可是甚至在这样的城市里，春天也仍然是春天。

《复活》

人们只有在所有的人类心中见到自己，才能把握自己的生命。

《人生之道》

良心是对于人们心中灵魂的认识。只有如此认识我们的灵魂，良心才能成为人类生活的忠实指导者。但是，人们往往不把对灵魂的认识当作良心，而认为思考周围人事好坏才是所谓的良心。

《人生之道》

人类活着不是依靠肉体，而是依靠灵魂。如果人们体会到这一点，并把我们的一生托付给灵魂而不是肉体，那么即使人类被锁在铁窗之内，他仍然是自由自在的。

《人生之道》

上等人这个名词（意思是指各阶层中出类拔萃的人物）近来在

俄罗斯十分流行（也许有人认为在俄罗斯不该出现这种情况），深入到了凡是虚荣心能渗透到的一切地区和一切社会阶层（在什么时候，什么情况下这种丑恶的欲望才不会渗透呢），不论在商人中间，在文官中间，在司书中间，在军官中间，也不管是在萨拉托夫，在马马迪什，或者文尼察，总之，只要是有人生活的地方。在被围攻的塞瓦斯托波尔，既然有许多人，自然也就有不少虚荣心，因而也有上等人，虽然死神一刻不停地在人们头上飞翔，不管他是上等人还是非上等人。

《五月的塞瓦斯托波尔》《一个地主的早晨》

人类的行为分为两种。一种是根据自己的意志行事，另一种是不在乎自己的意志。

《有关〈战争与和平〉》

人类只要活得够久，必会经过几个阶段——从呱呱落地的婴儿、儿童，长至成人、老人。但是，不管在哪个阶段，人们总是称自己为"我"。这个"我"不论在哪一个阶段，对人们来说都是不变的，幼年期也好，成年期也好，老年期也好，都是同样的"我"生活着。

只有这个不变的"我"，才称得上是我们的灵魂。

《人生之道》

观察现代世界的人类生活，亦即仔细地观察芝加哥、巴黎、伦敦等都市，或者工厂、铁路、机械、军队、大炮、军防要塞、教会、印刷厂、博物馆、三十层楼高的大厦等等，然后试着问自己，人类为了能过好的生活，什么是最重要而且必须做的？这个唯一而且最重要的答案，可能是——彻底停止人们正在做的无意义的一切事情。像这种无意义的事物，大概占了现代欧洲社会全部活动的百分之九十九。

《人生之道》

以为用暴力可以确立人与人之间的秩序，这种妄想在代代相传的情况下，特别地有害。在充满暴力的团体之中生长的人，他们从不自问用暴力来强制别人是否必要？是不是好事？因为他们根深蒂固地相信，人类之中要是没有暴力存在，根本无法生活下去。

《人生之道》

根本不用去想未来的事。现在，只要为自己和别人的快乐生活而努力，就足够了。"明天的事，就让明天去烦恼吧！"——这真是伟大的真理。未来该做什么，我们是无从了解的，所以我们的人生当中，到处都充满了惊喜。有一件人们该做的事，只有这件事永远都不受时间限制，那就是——在现在这一瞬间，爱所有的人类。

《人生之道》

在现代的世界里，所有的人类都不能没有真理，不能没有追求真理的意念而生存。所有不能舍弃的事情当中最不能舍弃的，是探求人类生存的真理，以及坚定地信仰真理。

《我的信仰是什么》

如果一个人不知道别人的生存，不晓得快乐并不能带来满足，而且又不了解自己正一步步迈向死亡，那么他连自己的生存都无法理解。

《人生论》

舍弃个人的幸福，既不是美德也非美誉，而是人类生存的必然条件。

《人生论》

使用暴力会引起人们的憎恶。使用暴力来保卫自己的人们，不但无法确保自身的安全，还可能招致更大的危险。所以，用暴力来确保自身的安全，不但是一件愚蠢的事，还相当地不切实际。

《人生之道》

人类灾厄的要因之一，是有一部分的人误以为用暴力可以改善并组织人们的生活。

《人生之道》

人们一直在注意自己的生活哪里不好，以及什么地方需要改善。然而，能够改善的，只有自己支配之下的事物——自己。为了改善自己，最重要的，是我们必须要承认自己并不是好人。但是，人们都不喜欢承认自己的缺点。人们的所有注意力，通常不在自己支配之下的事物——自己，而在于自己能够支配的情况之外的条件。像这种条件，不管你如何去改变它，人们的处境几乎都没有办法改善。

这就像不管你摇晃酒瓶多少次，或是把酒换到别的容器里，酒的品质都不会改变。因为在你只关心自己能支配的事物之外的事物时，无益的、有害的、傲慢的（例如人们老是喜欢去矫正别人的不是）、凶恶的（人们认为妨碍公共福祉的人，死不足惜）、颓废的活动，便会开始。

《人生之道》

要领是不要想太多。如果连想都没想，那也不是什么大不了的事。人类就是因为什么都想过，才会什么都小题大作。

《十二月的塞瓦斯托堡》

人类的头脑不能完全了解事件的原因，但是寻找那些原因的愿望植根于人类的灵魂中。不考虑那些情况的多样性和复杂性，分别地来看，其中任何一种都可能似乎是那个原因，他抓住第一个他觉得可以理解的近似原因的东西，然后说道："这就是那个原因！"在历史事件中（人类的行动是观察的主题），最早的最原始的自行出现的近似物是诸神的意志，后来是站在最显著地位的那些人（历史上的英雄们）的意志。但是，我们只要透视任何历史事件的本质——

存在于参与其事的人们的总体的行动中——就知道，历史上的英雄的意志并不控制群众，而意志自身却不断地受控制。

《战争与和平》

世界上没有人类无法习惯的事情，特别是在见到周围的人都过着类似自己生活的时候，更是如此。

《安娜·卡列尼娜》

上天赋予人类的手足，是为了被赋予的原始目的而使用的。除了摄取食物之外，还要为了生产食物而劳动，让我们的手足不至于白白地退化。手足不是为了要洗濯、磨炼，也不是为了把食物、饮料或香烟送到嘴里而已。这是作为一个人的资格，也是人类神圣的义务和职责。

《怎么办》

狗，只要带着它、宠育它、喂它食物、教它搬运东西，就很令人高兴了。但是，人类不是宠育之后给他食物，教他希腊语就够了。人类必得要学会何谓人生，亦即施多受少的人生哲学。

12

《怎么办》

马或马车，是作为交通的一种手段；衣服、房子是因应天候变化来保护自己的一种手段；美味的食品是为了维持体力的手段……这些对人类都是非常有益的。但是，当人们把拥有这些手段当作目标，认为拥有马、马车、衣服、屋子、食物愈多愈好的时候，这些东西不只对人类有益，也变得对人类有害。

《为冯·波兰兹的著作〈农民〉所作的前言》

在群聚的生活当中，即使组合的分子全都是善良的人，因为他们的关联只建立在兽性的丑恶之上，人们所看到的只是人类本性上的弱点与残忍而已。

《D·涅夫鲁多夫公爵的日记（瑠森）》

人类在濒临危险的时候，心里常会出现两个力量相等的声音。其中一个声音会语重心长地说："你该想个办法来认清这个危险的本质，然后远远地逃离这个危险。"另一个声音则更语重心长地说："去感觉到危险正一步一步地逼近，这是非常辛苦的，而且看清所有的事情，然后远离事情的所有发展，根本用不着人类的力量。所以，在危险还未真正来临之前，不要去想痛苦的事，只要想着快乐的事就好了。"人类在孤单一个人的时候，大多会听从前者的声音；在人多势众的时候，则会听从后者的声音。

《战争与和平》

在动物之间，恶会引发出更多的恶。因为，动物不懂得如何去抑制内心被引发出来的恶，当然也就不知道恶正在扩张，故其结果就是以恶报恶。人类是理性的动物，所以不能不注意内心的恶是不是在扩张，而且必须克制自己，不要以恶来对付恶。但是，人类的动物性本能往往胜过理性的本能，原本用来克制他们不要以恶制恶的理性，常被用在将自己所做的恶正当化的功用上，并还称这个恶为惩罚或是刑罚。

《人生之道》

痛苦的增大是有限度的，而缩小痛苦的感觉，却是没有限度的。

《人生论》

人类是理性的存在，所以人类必须要注意，不能因为要报复而毁灭恶。换句话说，人们必须要了解，远离恶的道路，是与恶对立，亦即只在爱之中，不管人们如何称呼这条道路，但是绝对不是报复。然而，人们总是没有注意到这一点，并且还赋予刑罚虚无渺茫的期待。

《人生之道》

阻碍人类去实行义务的，并非疾病。如果你没有办法用劳动来奉献自己，那么你就奉献出你的智慧，教人们如何以笑面对人生吧！

《人生之道》

对受苦的人付出直接的爱，并帮助他们根绝痛苦的起源——普遍都是人心的迷惘。这是人类不可违背的义务，也是构成人类生存、给予人类幸福唯一可喜的事业。

《人生论》

人类的生活，由于实践人生真实规则的程度，而有好有坏。一个人越能好好地把握人生的真实规则，他的生活就能过得越好；反

托尔斯泰

之，若含糊地应付这个规则，就无法过好的生活。

《人生之道》

令人感到可怕的，既不是抢劫也不是杀人或死刑。抢劫是什么？只不过是某个人与另外的人之间的财物转移罢了，以前曾发生过很多次，将来也还会再发生，所以根本不值得可怕。这只是人类生活中永远不会改变的事实，哪会可怕？可怕的不是抢劫或杀人，而是人与人之间相互的憎恨。只有人类的憎恨之念，才令人觉得可怕。

《人生之道》

人类的生活，是从早上起床到晚上入睡之间的连贯行为。人们每天必须从自己所能做的无数行为当中，不断地选择自己所能做的事。

《人生论》

所有人类在生活上的要事，是要为了或为更善良更堂堂正正的人而努力。但是，如果你认为自己已经是个堂堂正正的人，那你要如何才能成为更堂堂正正的人呢？

《怎么办》

恶魔喜欢群聚在有闲阶级人们的脑髓里。

《人生之道》

只有深刻爱过的人，才会尝到刻骨铭心悲伤的滋味。但是，追求爱的欲望又为他中和了伤痛、愈合了伤口。因此，人类精神上的特质比肉体上的特质，更加充满活力。

《童年》

大自然充满了一种使人心平气和的美与力。

生活在这广漠无际的星空下，生活在这美妙绝伦的地面上，难到人们还感到局促吗？处在这迷人的大自然怀抱里，难道人的心里还能容纳憎恨与复仇的感情或者毁灭同类的欲望吗？在跟大自然的接触中，在跟这美与善的最直接表现者的接触中，人心里的一切恶念也该消失净尽了吧！

《袭击》《一个地主的早晨》

太阳早已落下了。明亮的星星在天空上闪烁。升起的圆月那赤红如火的光彩在天边照射，这个巨大的红球在灰蒙蒙的雾气中奇怪地摇晃着。天空变亮了。黄昏快要过去，黑夜还未到来。

在大片的、望不尽的露营里，先前还有很响的营火的噼啪声和人的说话声，现在全寂静了；火红的营火渐熄了，火光暗下来了。一轮圆月高悬在明亮的天空上。先前在营地外边看不见的森林和田野，现在远远地展现出来了。在比森林和田野更远的地方，可以看见明亮的、摇摆的、诱人的、望不到边的远景。

《战争与和平》

春天是人们计划和设想的季节。

《安娜·卡列尼娜》

列文不喜欢说话，也不喜欢听哥哥对自然景色的赞叹。他觉得语言会破坏自然美景。

《安娜·卡列尼娜》

这美好的夜晚一切都是多么美好哇！这种珍珠母壳是什么时候

形成的？刚才我望望天空，那里还什么都没有，只有两片白云。是

的，我对人生的看法就是这样不知不觉地改变的。

《安娜·卡列尼娜》

托尔斯泰

人生·命运

　　既然人生，具有一切乐趣的全部人生，在我面前敞开来，我何必在这个狭窄的、闭塞的框子里奋斗和劳作呢？……彼尔说，为了要活得幸福……我们应当相信幸福的可能，他说得对，我现在一定要那样相信了。让死人去埋葬死人吧！我们既然有生命，我们就应当活下去，而且要活得幸福！

《战争与和平》

　　人活着，不是为了要求别人为自己工作，而是为了要服务他人。劳动的人，才是赐予食物的人！

《我的信仰是什么》

　　人生不是游戏。人没有权利凭自己的意志舍弃生命。用时间的

长度来衡量人生，是傻瓜的作为。

《给妻子苏菲亚的最后一封信》

当你感到苦恼，当你害怕他人，当你的生活发生混乱的时候，你要对自己说：让我不去再想那些与我相关的事，我要爱所有与我相逢的人，别的都不想，随它去吧。只要尝试一下这样生活，你会看到，突然之间一切都变得有条有理，你将无所畏惧，也无所欲求。

《生活之路》

高兴起来吧！人生的事业、人生的使命，都是喜悦；迎向天空、迎向太阳、迎向星夜、迎向草原、迎向树木、迎向动物、迎向人们，都是可喜的。为了让这份喜悦不致遭到破坏，你要时时监视着它，这份喜悦要是破灭了，那就是你在什么地方犯了错误的缘故。找到这个错误，纠正它。

《日记》

人生命的基础是他身上的上帝的灵魂。上帝的灵魂在所有人身上都是同一的。因此，人们彼此之间不可能不是平等的。

《生活之路》

人们所称呼的人生，就是他降生以后的生存，绝对不是他的人生。自己从出生到现在的这一瞬间，一直生存下来的这个观念，就好像在梦中见到的错觉一般。这也就是说，在还没睡醒睁开眼睛之前，并不知道这只是一场梦；当睡醒睁开双眼之时，才恍然大悟——啊！这只不过是一场梦罢了。同理，在理性意识还未觉醒之前，人生是毫无意义的。关于过去生活的观念，只有在理性意识觉醒之时才形成。

《人生论》

如果生活在你看来不是一种巨大的、凭空得到的喜悦，这只是因为你的理性犯了目的性错误。

《生活之路》

通常人们会这么想——保守主义者大多是老人，进步主义者大部分是年轻人。其实，保守主义者，大部分是年轻人。年轻人首先立了一个想要活下去的愿望，但却不思考要如何生活下去，而且连思考的余暇都没有。他们只选择平常他们所过的生活方式，来做他们生活的准则。

《恶魔》

人弄坏了自己的胃，总是抱怨伙食。那对生活不满的人也是如此。

我们没有任何权利对此产生不满。如果我们觉得生活让我们不满，这只能说明我们有了对自己不满的理由而已。

《生活之路》

有庄严的老年、丑恶的老年，也有悲惨的老年，还有既丑恶又庄严的老年。

《霍尔斯托麦尔》

一切利己的生活，都是非理性的、动物的生活。

《最后的日记》

如果人们的生活并不快乐，其原因只有一个，他们没有完成为使生活成为一连串快乐而必须要做的事。

《生活之路》

从前有一个好心人，想尽可能多地为人们做善事，便开始琢磨怎样做才能不使任何人受委屈，让每一个人都受益。要想人人有份地施舍你的善心，那就不要想该给谁和谁更应该得到，否则你就无法让所有人感到平等，那些得不到的就会说："为什么给了他们，而不给我们？"

后来这个好心人想出了一个主意，在人来人往的地方建了一座客店，客店里置办齐了所有能让人们感到舒适和高兴的设施。这个好心人在客店里造好了暖和的客房，上好的炉灶，木柴，灯火，仓房里装满了各种粮食，地窖里储藏着蔬菜，还备有各种水果，饮料，床，被褥，里外的服装，靴子，把尽可能多的东西准备好。好心人做完这一切之后就离开了，等着看结果怎么样。

于是陆续有些善良的人来借住，吃点东西，喝点水，住上一夜，要不就待上一两天，或者个把星期，有时谁需要就拿些衣服、靴子，完了就收拾好，保持来之前的样子，以便别的旅客接着再用，走的时候心里直感激那个不知名的好心人。

但有一次来了一伙大胆而粗鲁的恶人。这一下，他们随心所欲地抢光了店里所有的东西，并为了这些财物起了纷争。开始是互相谩骂，接下来就是拳脚相见，直至互相争抢，故意地毁坏财物，休憩场所。那在唯一真正的生活之路上迷失方向的人也是如此。他们对生活不满，原因只是他们偏离了正路，又不想承认自己的错误。

《生活之路》

她在她的人生当中，完成了最灿烂、最伟大的事业。也就是说，她毫无悔意、毫无恐惧地死去。

《幼年时代》

生活中的人也是如此。一个圣人，他是为自己的灵魂而生的，而另一个是最黯弱而有罪的人，但只要他也是为灵魂而生，他们过的就是同一种生活，并且早晚都会相聚在一起。如果两个人在一起生活，但一个是为肉体而生，另一个是为灵魂而生，则他们不可避免地要各奔东西，越离越远。

《生活之路》

　　劳动阶级的人们，经常想要成为依靠别人的劳动来生活的富裕阶级。他们说，这样才能加入上流人类的生活。但是，应该说这是上流人类沦落成次等人类的现象才对吧？

《人生之道》

　　自己找幸福容易，给别人谋幸福难。

《一个地主的早晨》

　　富有的人们逃避维持人类生存的劳动。他们的生活带有一点疯狂，亦即所有不履行人类生存法则的人，都免不了会带有一点疯狂的气息。这种人有着和过度饱食的家畜，如马、狗、猪一样的习性。他们会不知所以然地乱跳、纠缠在一起，还茫无目标地到处奔走。

《人生之道》

　　吉娣觉得整个世界都变了。她不放弃她所学到的一切，但明白她想照她的愿望生活，那只是自我欺骗。她仿佛猛醒过来，觉得要不装假，不说假话，维持她理想的精神境界，那是多么困难哪。她感觉到她所生活的世界充满悲伤、疾病和垂死的人，又是多么叫人难堪。她为了爱这个世界而作的努力，确实使她很痛苦。

《安娜·卡列尼娜》

人类靠三种办法养活自己，一种是当强盗，一种是接受别人施舍，另一种是工作。靠工作与他人施舍来过活的人，很容易分辨，而靠当强盗来维持生计的人，却无法马上看出来，因为强盗有两种。一种是靠暴力来强抢别人财物或是偷窃，亦即单纯的强盗。谁都可以认清这种强盗，而他们本身也知道自己是强盗或窃贼；这种人会遭逮捕，也会被刑罚。另一种强盗，则是不认为自己是强盗，不会遭逮捕，更不会有刑罚，并用政府所允许的方法来榨取劳动的人们，强夺他们劳动的成果。

《人生之道》

人生真实的法则，是相当简单明了且容易理解的。所以，人们不可以用不知道这个法则为借口，为自己丑恶的生活辩护。要是人们违背这个人生的真实法则生活，那么他就是舍弃了理性。而事实上，他真的是如此。

《人生之道》

人生不是一种享乐，而是一桩十分沉重的工作。

《初期回忆》

我们应依别人的作为来尊敬他，而非依他的身份或财富。所做的事对人们越有益，越值得尊敬。可是，我们这个世界却刚好相反。人们尊敬只会吃喝玩乐的有钱人，却不尊敬对所有人类有极大贡献的农民与工人。

《人生之道》

突然间，她回忆起她和渥伦斯基初次相逢那一天被火车压死的那个人，她醒悟到她该怎么办了。她迈着迅速而轻盈的步子走下从水塔通往铁轨的台阶，直到紧挨着开过来的火车的地方才停下来。她凝视着车厢的下面，凝视着螺旋推进器、锁链和缓缓开来的第一节车的大铁轮，试着衡量前轮和后轮的中心点，和那个中心点正对着她的时间。

"到那里去！"她自言自语，望着投到布满沙土和煤灰的枕木上的车辆的阴影。"到那里去，投到正中间，我要处罚他，摆脱所有的人和我自己！"

她想倒在和她拉平了的第一辆车厢的车轮中间。但是她因为从胳膊上取下小红包而耽搁了，已经太晚了；中心点已经开过去。她不得不等待下一辆车厢。一种仿佛她在准备入浴时体会到的心情袭上心头，于是她划了个十字。这种熟悉的画十字的姿态在她心中唤起了一系列少女时代和童年时代的回忆，笼罩着一切的黑暗突然破裂了，转瞬间生命以它过去的全部辉煌的欢乐呈现在她面前。但是她目不转睛地盯着开过来的第二辆车厢的车轮，车轮与车厢之间的中心点刚一和她对正，她便抛掉红皮包，缩着脖子，两手扶着地投到车厢下面，她微微地动了一动，好像准备马上又站起身来一样，扑通跪下去了。同一瞬间，一想到她在做什么，她吓得毛骨悚然。"我在哪里？我在做什么？为什么呀！"她想站起身来，把身子仰到后面去，但是有个巨大无情的东西撞在她的头上，从她的背上辗过去了。"上帝，饶恕我的一切吧！"她说，感到无法挣扎……一个正在铁轨边干活的矮小农民，咕哝了句什么。那支蜡烛，她曾凭着它的烛光浏览过充满了苦难、虚伪、悲哀和罪恶的书籍，比以往更加明亮地闪烁起来，为她照亮了以前笼罩在黑暗中的一切，摇曳起来，开始昏暗下去，永远熄灭了。

《安娜·卡列尼娜》

世上没有不生病的强健体魄，也没有用不完的财富，更没有恒久不变的权力，这些全都是易脆的飘渺之物。人们把健康、富有、权力当作人生的目标，但是即使达到了这些目标，人们仍无法挥去不安、恐怖、悲哀的阴影。那是因为人们必然会见到尽自己一生所得到的全部，一点一点地从手中消逝，以及自己在不断地老去，正一步一步地走向死亡。

《人生之道》

呸！这个卑鄙无耻的家伙！这一点，除了我，谁也不了解，谁也不会了解，可我又不能说出来。人家会说：他是一个笃信宗教，品德高尚、聪明正直的人；可是他们没有看到我看到的东西。他们不知道，八年来他窒息了我的生命，窒息了我身上一切有生气的东西，他从来没有想到我是一个需要爱情的活的女人。他们不知道，他时时刻刻都在侮辱我，自己还洋洋得意。难道我没有尽力，尽我所有的力量，去找寻生活的意义吗？难道我没有尽力爱过他吗？当我没有办法爱他时，难道我没有尽力爱过儿子吗？可是后来我明白了，我不能再欺骗自己，我是一个活人，我没有罪，上帝把我造成这样一个人，我需要恋爱，我需要生活。

《安娜·卡列尼娜》

　　每个人的体内都住着两种人，一个是盲目的、肉体的人，另一个是明眼的、有灵魂的人。前者，也就是盲目的人，如上了发条的时钟一样，按部就班地吃、喝、劳动、休息、繁衍子孙；后者，也就是明眼的人，什么都不做，只进行批判前者所做的一切。

　　明眼且拥有灵魂的人，就是我们的良心。良心的工作就如同罗盘针一样，只要偏离了针所指的方向，罗盘就会开始转动。良心在人类做着应做之事时是沉默的，但是人类只要一偏离真实之道，良心便会指导人类该走向何处。

《人生之道》

　　对于人类之间的不平等要负最大责任的，不是自命高人一等的人，而是自叹不如别人的人。

《人生之道》

　　生命，是与这个世界的关联。生活的运动，是要确立与世界的新高度关系。因而，死亡就是要步入与世界的新关系之中。

《人生论》

对你自己来说，最重要的事情是你了解自己多少，因为你的幸福或不幸，均是由此产生。你自己的幸福或不幸福，绝对不会因别人对你了解的程度而有所改变。所以，你不要太介意别人的想法，你只要想着如何坚强自己的灵魂生活就好了。

《人生之道》

托尔斯泰

当你完全舍弃了自己，你已成了神。如果你只为自己而活，那简直与家畜无异。人生应该是不断地远离家畜的生活，慢慢地去接近神的生活才对。

《怎么办》

我们不能说"我"活着，活着的并不是"我"，活着的是住在"我"心中的灵魂，而"我"只不过是灵魂进出的洞穴而已。

《人生之道》

由精神本体的破裂造成的精神的创伤，与肉体的创伤相似，虽然似乎奇怪，正如很深的伤口可以痊愈，可以封口，肉体的和精神的创伤，都要靠一种内部发出的生命力，才能痊愈。

《战争与和平》

平等，就是承认世界上的每一个人，都有利用大自然恩惠的权利、享受公共的权利，以及拥有个人人格被尊重的权利。

《人生之道》

人生的价值，并不是用时间，而是用深度去衡量。

《最后的日记》

为了能够堂堂正正地生活，人们不能没有理性。因此，人们最需要保重的，就是理性。但是，为什么就有一些人用烟草、伏特加、鸦片等来毁灭自己的理性，从中寻求快乐？因为这些人不想过好的生活，所以他们的理性指导他们——只有毁灭理性，才能如愿以偿。

《人生之道》

人生的一切变化，一切魅力，一切美都是由光明和阴影构成的。

《安娜·卡列尼娜》

　　人与人之间存在着可能永远不会消失的差异，所以有的人强、有的人弱、有的人聪明、有的人愚笨，正因为某些人比另外的一些人强或者聪明，因此如李希顿贝尔克（译注：德国物理学家、作家、评论家，1742—1799 年）所说的一样，人类的权利之间，特别需要平等。如果连权利都和智能或力量一样，没有办法人人平等，那么强者欺压弱者的程度，可能会越发严重。

《人生之道》

　　人类一直在追求财富。要是人们知道财富可能会使人失去幸福，或许人们会有和追求财富时一样的热情，致力于远离财富吧？

《人生之道》

　　既然人生，具有一切乐趣的全部人生，在我面前敞开来，可何必在这个狭窄的、闭塞的框子里奋斗和劳作呢？

《战争与和平》

假如我们承认人类生活可以用理性来支配，生活的可能性就被破坏了。

《战争与和平》

用谎言将彼此连接在一起的人们，就像是紧紧地黏在一起的一群人。这群人的结合，是世间的一种罪恶。人类所有理性的结合，都会因为这个用谎言建立起来的关系，而遭到破坏。

所有的革命，都尝试着用暴力来敲碎这个充满谎言的组合。人们认为，一旦这个组合被敲碎，就不会再结合起头。但事实上，拼命地去打击这个组合，只会使这个组合越发坚强。

不管这个组合受到多少打击，其核心部分都会分给各个部分力量。只要没有人离开这个组合，其结合的力量就不太可能会瓦解。

结合人与人的力量，是虚伪、谎言；而解开人与人的结合之力量，来自真实。而真实，只有靠真实的行为，才能让别人了解。

只有真实的行为，才能让人们感受到真的光芒，才能打破虚伪的组合。唯有如此，才能让人们从谎言的组合之中，一一地解放出来。

《我的信仰是什么》

人们认为，人类的生活就在时间——过去和未来当中度过。但是，这只是人们的想法罢了。真正的生活，不是在时间中度过，而是在过去和未来的交叉处——我们一直误称为"现在"的一点。真实的人类生活，仅仅存在于没有时间的这一点，只有在这一点上，人类是自由的。所以，只有在"现在"之中，才有真正的人类生活。

《人生之道》

假如一个缺少自信心的人初经介绍的时候默不作声，然后觉出沉默不成体统，于是露出急于找话说的神情，那效果是很坏的。

《战争与和平》

只要我们可以自己找到破坏幸福的凶手，那么我们的人生可能会变得更美好。而破坏我们生活幸福的最大凶手是——迷信暴力可以为我们带来幸福。

《人生之道》

在开始旅行或改变生活方式的时候，善于思虑的人们总要陷入一种严肃的心境。在这样的时候，人们检查过去，计划将来。

《战争与和平》

"我现在的处境是——该做的事都没办法做。"这是多么大的一个错误！作为我们生命基础的内在活动，才有可能支配这种状况。即使你因为身陷囹圄或者疾病，被夺走了所有的身体活动；即使你遭受到羞辱、迫害，你的内心世界，仍在你的支配之下。就算你的脑子可以叫你去责备别人、羡慕别人、憎恨别人，但是在你的心中，你可以压制这些感情。所以，你的生机中的每一时刻都是你自己的，没有人能从你的身上将之夺走。

《人生之道》

对那些把生命当作真实姿态的人们来说，步入风烛之年及对于生命无多的慨叹，有如一个面对光亮前进的人，越接近光亮越慨叹自己的影子愈来愈小一般。相信肉体灭亡即生命灭亡的人，由于物体进入了光亮之处而影子消失，便因此相信这是物体消灭的确实证据。这种结论之所以能成立，是因为那些长时间看着影子的人，到了最后竟把影子当成了物体本身。

《人生论》

聂赫留朵夫经历了凡是受伤的人常会发生的那种情形。这种人觉得别人仿佛老是故意来碰他疼痛的地方。其所以会有这样的感觉，无非是因为只有疼痛的地方才能感到别人在碰他。

《复活》

感觉到自己正在危害自己的健康，以及烦恼如何恢复健康，特别是因为现在身体不适，所以等身体好了再做的想法等等，都是引导人们犯错的大诱惑。这不正意味着，人们不珍惜自己现在所拥有的，却一直觊觎得不到的东西？我们可以对现在所拥有的感到喜悦，也可以很容易地利用我们现在所拥有的力量。

《人生之道》

我们不是为了吃而活的，是为了活下去，我们不得不吃。

《人生之道》

幸福并不在于外在的原因，而是以我们对外界原因的态度为转移。

《童年·少年·青年》

幻想里有优于现实的一面；现实里也有优于幻想的一面。完满的幸福将是前者和后者的合一。

《日记》

所有的人类不管面对的是奥地利人、塞尔维亚人、土耳其人，还是中国人，大家都是平等的人。也就是说，我们活着绝不是为了保卫或推翻塞尔维亚、土耳其、中国或者俄罗斯，而是为了要在有限的岁月中，好好地当一个"人"，一个理性的、充满着爱的"存在"。所以，人类的使命很明显的只有一个，那就是要爱所有的人。

《人生之道》

水车，为了把粉磨好，是必要的。人生，为了让生命灿烂发光，是必要的。

《人生论》

上帝要那些人灭亡，必先使他们发狂。

《战争与和平》

所有的人，都是为了自己的快乐与幸福而求生存。如果一个人没有追求幸福的欲望，那么这个人可能是不知道自己所以生存的意义。也就是说，人如果没有追求自身幸福的想法，根本谈不上什么人生。对所有的人来说，所谓生存，就等于追求幸福与获得幸福。因此，追求幸福与获得幸福，当然也就等于人生。

《人生论》

在聂赫留朵夫身上，就跟在所有的人身上一样，有两个人：一个是精神的人，专门为自己寻求那对于别人也是幸福的那种幸福；另一个是动物的人，专门贪图自己的幸福，为了自己的幸福不惜牺牲全世界的幸福。在眼前这个时期，他已经害了由彼得堡生活和军队生活所培养出来的自私自利的疯病；在他身上，动物的人就占了上风，完全摧毁了精神的人。

《复活》

首先浮现在人们心中的人生唯一目标，当然是自身的幸福。但是，人们不能单单只想到自己的幸福，即使在人生中好像有幸福。"只要自己好就是美满的人生"，像这种充满自私的人生，每一个动作、每一次呼吸，都一步步迈向苦恼、不幸、死亡、毁灭，而且会很难停止地向前猛冲。

《人生论》

人生不是一种享乐，而是一件十分沉重的工作。

《初期回忆》

"我的轭是容易负的。"人们负起并不相称的重轭，被套上他们无力拉动的大车。不相称的轭和无力拉动的车，就自己肉体的幸福或者他人的肉体幸福而言，这就是生活。

《生活之路》

人们不做让自己更好的事，而以尽可能让很多东西成为自己的东西为人生目标。

《霍尔斯托麦尔》

人们生活得越好，他们对别人就越少怨言。而一个人生活得越糟，那么他更多地不满的不是自己，而是别人。

《生活之路》

所有的人，都是一方面照着自己的想法，另一方面却迎合别人的想法来生活、行动的。因此，由于照自己的意思来生活的程度，和照别人的意思来生活的程度不同，故形成了人与人之间的一个主要差异。有的人在大部分的场合中，把自己的思想当作是知性的游戏，操纵着摇摆不定的飞轮，远离传导自己的理性路线，任何行为都依循别人的想法——习惯、传言、法律。另一种人认为自己的思想是全部行动的主要动力，平常几乎只听从自己的理性要求，很少因为舆论的评价而服从别人的决定。

《复活》

真正的生活，是要接续过去的生命，促进现在的生活与未来生活的幸福。

如果要加入这样的生活，人类必须在赋予人子生命之时，贯彻为人父的意志，因此不得不舍弃自我。

《我的信仰是什么》

没有意识到苦恼的恩惠的人，还未开始过理性的，亦即真实的生活。

《人生之道》

一切利己的生活，都是非理性的动物的生活。

《最后的日子》

生活的任务就是追求完善，能够明确地证明这一点的，莫过于这种现象，即在自我完善之外，无论你有什么期望，或者尽管你的期望得到了充分的满足，或者很快就得到了满足，你的这种期望的魅力立刻就会化为泡影。

只有一点不会失去快乐的意义：对自己趋向完善的意识。

只有这种不断地完善才能带来真正的、不断增长的快乐。在这条道路上每走一步你都会获得应有的奖赏，并且立刻就会得到。而任何东西也不会剥夺这种奖赏。

《生活之路》

该做的事没有做，特别是做了不该做的事，会让人堕落。所以，想过好生活的人，一定要随时警惕自己，绝不做非分不当之事。

《人生之道》

生活不是享受，而是很辛苦的工作。

《幸福健康》

生活，无论是什么样的，都是一种至高无上的幸福，如果我们说生活就是苦难，这只是与想象中的另一种更好的生活相比较而言，然而其实我们并不知道还有什么别的更好的生活，也不可能知道，因此，无论生活是什么样的，它都是一种我们所能接受的高尚幸福。

《生活之路》

我们活着，不是为了要好好地保护自己，而是为了要不停地完成我们的人生事业。

《人生论》

不要相信这种说法，即此生只是向另一个世界的过渡，我们只有在那里才能够过上好日子。这种说法是错误的。我们在此处，在现世中过的必定是好日子。为了在此处，在现世过上好日子，我们只能按照那差我们来者的吩咐去做。不要说，为了让你生活得好，首先要让大家都好好生活，照上帝的旨意生活。这是不对的。你自己要照上帝的旨意生活，你自己要作出努力，那么你就将生活得好，而别人也想必不会因此生活得更坏，只能生活得更好。

《生活之路》

当人们不知道，他们为什么而生的时候，生活是艰难的，而有这样一些人，他们确信，为什么而生的问题是无论如何都无法知道的，他们甚至还以此自我炫耀。

《生活之路》

《圣经》故事告诉我们，不劳动——懒惰——是那第一个人堕落前的幸福的一个条件。堕落的人保留了一个爱懒惰的习惯，但是那惩罚压在人类身上，不仅因为我们必得满头大汗地找我们的面包，也因为我们的道德性质是，我们不能既懒惰又心安。一种内在的声音对我们说，假如我们懒惰，我们就错了。假如人类能找到一种他觉得虽懒惰却在尽职的状况，他一定找到人类原始幸福的条件之一了。

《战争与和平》

　　只靠别人的劳动来生活，而自己一点也不劳动的有钱人，不管他们如何称呼自己，夺走别人的劳动而自己却不劳动的人，都是强盗。像这样的强盗有三种：第一种是不知道自己的强盗作为，也不在意这种作为，并在自己兄弟中旁若无人地做这种勾当的人；第二种是明知自己的作为是错误的，仍然以其军人或公务员的身份，或者以教育他人、著名、出版等，来使自己的强盗行为正当化的人；第三种是了解自己的罪恶，并努力脱离这种罪恶的人。可喜的是，第三种人正在逐渐增加当中。

《人生之道》

　　某一些人之所以能支配其他的人，并不是金钱的缘故，只是因为劳动者没有充分地享受到自己的劳动价值罢了。而劳动者之所以不能充分地享受自己的劳动价值，是由于资本、地租和劳动所得三者的特性关系，及在这三者中的生产、消费和财富分配之间的复杂关系。

《怎么办》

不管是如何肮脏的劳动，人们都不该感到羞耻。人们该感到羞愧的，只有无所事事的生活。

《人生之道》

人们不能让别人为自己劳动，多于自己为别人服务。但是，劳动的多寡是无从衡量的，而且在体弱或生病之时，难免要麻烦别人。所以，在有力量之时，要尽可能地为别人服务，尽可能地不要麻烦别人，切记！

《人生之道》

金钱代表劳动。的确，金钱是劳动的结果，但是指的又是谁的劳动呢？在我们的社会里，金钱即代表着拥有金钱者的劳动这种情形，几乎不存在。金钱大多代表别人的劳动，有时候还包括别人过去和未来的劳动。

《怎么办》

有几个农民为干草的事同列文争得很凶，有的被他责骂过，有的想欺骗他，就是这些农民此刻都高高兴兴地向他鞠躬致意，显然一点也没有记他的恨，一点也没有后悔，甚至不记得他们曾经想欺骗他。这一切都淹没在欢乐的集体劳动的海洋里。上帝赐与光阴，上帝赐与力量。光阴和力量又都贡献给劳动，劳动本身就是奖赏。可是为谁去劳动？劳动会产生什么果实？这些事都无足轻重，微不足道。

《安娜·卡列尼娜》

人们如果能靠劳动来充实自己的生活，那么各种美丽的衣裳、房屋、家具、豪华的饮食、马车、马、娱乐等对人们来说，都变成不必要的东西。

《怎么办》

这个世界的人们，被神或者自然，放在一个不得不汲汲于赶走贫乏的环境里。如同坐在粮食少又积水的船里一般，每个人都要不停地汲出船底的水（亦即贫乏），以保护存量极少的粮食。如果在我们当中有一个人停止这样的劳动，他不但夺取了别人劳动的成果，也危害到大家的共同事业。这不仅是他自身的毁灭，也是我们的损失。

《怎么办》

幸福存在于生活之中，而生活存在于劳动之中。

《怎么办》

身体的劳动并非和知性的活动毫无关联。借着身体的劳动，不但能提高知性活动的质，更能鼓舞知性活动更上一层楼。

《怎么办》

如果一个人不知道别人的生存，不晓得快乐并不能带来满足，而且又不了解自己正一步步迈向死亡，那么他连自己的生存都无法理解了。

《人生之道》

对于喜爱劳动、对劳动毫无怨言的人来说，自己肉体以外的私有财产，亦即利用他人劳动的权利或是可能性，只是一些无益且令人厌恶的事罢了。

《怎么办》

认为只有劳动的人生事业才值得可喜的人，不可能会去要求别人劳动，以减轻自己的负担。

《怎么办》

神若不赐给人们一日，也不会赐给人们力量。所以，每一日每份力量，人们都将之奉献给劳动，而报酬也就在劳动当中。

《安娜·卡列尼娜》

有闲阶级的人们，他们的工作大抵是给劳动者新的劳动，不是减轻劳动者的负担。

《人生之道》

人们用掉的钱越多，越会令别人为自己工作。而人们用掉的钱越少，越会督促自己工作。

《怎么办》

"追求个人幸福就是人生"，如果用这种人生观来看这个世界，那么人们就会发现，在世界上只有相互残杀的兽性斗争。人们如果承认只有为他人谋求幸福才是人生，那么就可以在这个世界看到完全不同的情况。偶发的人与人之间的相争，远比人们互相奉献服务的情形还要多，这是在这个世界里看得到的。人类之间如果不愿互相奉献服务，那么这个世界根本不能形成。

《人生论》

恶的存在是为了生活的存在。生活就体现在摆脱恶的过程之中。

《生活之路》

宇宙的生活是根据某些人的意志形成的。也就是，有一些人按照全宇宙的生活以及我们的生活，创造了自己的事业。想要理解这个意志的意义，首先必得实行这个意志所命令的事——这个意志要求我们做的事。我们若不实行这个要求，那么我们绝对无法理解这个要求的内容，更无法理解我们全体及宇宙全体所要求的内容到底为何。

《忏悔》

前者就好像一只桀骜不驯的动物，被主人拴着脖子拉往那个它可以得到安全和喂养的避难所。动物极力要抗拒主人，但只是徒劳地找罪受，勒紧自己的脖子。它只能被拉到那所有同伴都去的地方。

而后者却好像明白主人意志的动物，自由而高兴地去往主人领去的地方。它知道，遵循主人的意志只能得到善，而不会是别的。

《生活之路》

对死亡所产生的恐惧，和对幻觉所产生的恐惧，也就是说，对不存在的东西感到恐惧，都是相同的。

《人生之道》

在世界上／没有大地／没有海河／没有意志／匍匐地／活着／也是死呀！

《给战斗者》《中国新诗选》

死亡也好，就算死亡会造访我们每一个人也好，这并不是确确实实的。也许明天、也许午后夜晚来临之前、也许夏末、也许冬初，死亡即将来临，但也并不确实。为什么我们会准备如何过夜、如何过冬，却对死亡毫无准备？不能不对死亡有所准备，预备死亡的方法之一，是好好地过生活。越是能好好地过生活，死亡的恐怖便会越少，死亡也会变得轻松。对于圣人来说，死亡是不存在的。

《人生之道》

在见到初生的婴儿与死者之时，不管我们要如何将婴儿与死者定位，我们都会兴起一种同样的特别感动。这表示我们都有与生俱来的意识，那就是人人平等。

《人生之道》

死，万物不可逃避的归宿，头一次以无法抗拒的力量呈现在他面前。而在这个睡意蒙眬中呻吟、习惯成自然地忽而祷告上帝、忽而咒骂魔鬼的亲爱的哥哥身上，死就绝不像他原来想象的那样遥远。死也同样在他身上存在着，这一层他是感觉到的。不是今天，就是明天，不是明天，就是再过三十年，那还不是一样？至于这无可避免的死究竟是怎么一回事，他不仅不知道，不仅从来没有想过，而且没有勇气和力量去想。

《安娜·卡列尼娜》

恐惧死亡的人，是因为死是空虚与黑暗的缘故。他们之所以能看见死的空虚与黑暗，是因为他们看不见生的缘故。

《人生论》

我们在想着人是不该死的时候，却又在当中死去，像这样的事是不可能的。人类的死，只限于对他的幸福是必要的时候。这就如同一个人会长至成人，只限于对他的幸福是必要的时候。

《人生论》

你所献出的，即是你的，你所保留的，却是别人的。

如果你割舍自己的一些东西献给别人，你便为自己造了福，这种福永远是你的，任何人也不能把它从你身边夺走。

而如果你保留了别人也想拥有的，那么你保留它也只是暂时的，或者只能保留到你不得不交出它的时候。当死亡来临的时刻，你就不得不交出这一切了。

《生活之路》

人在自己的生活中就像一片积雨云，把雨洒向草地、田野、森林、花园、池塘、河流。云中的雨洒完了，给了成千上万的花草、稻穗、丛林树木以生命和活力，它便变得稀薄了，透亮了，很快就完全消失了。一个善良的人的肉体生命也是如此：他给了许多许多人以帮助，使生活变得轻松，使它走上正路，使它得到安慰，最终这个人耗尽了全部肉体的生命，死去了，去往那唯一永恒的、无形的灵魂生命的归宿。

《生活之路》

如果今天能做一件好事，绝不要延迟到明天。因为，死，从来不会想你该做的事到底做完了没？死是不会等待任何人、任何事物的。因此，对人们来说，世界上最重要的事，是手边正在进行的任何一件事。

《人生之道》

活着与死去是一样的。好好地活着，如同好好地死去。因此，为了要好好地死亡，必得努力不懈。

《日记》

他处处只看见死和死的临近。但他所设想的事业却越来越吸引他。在死没有来到之前，总得活下去，他觉得黑暗笼罩了一切；但正因为这样黑暗，他觉得事业才是这黑暗中唯一的指路明灯，因此，抓住它不放。

《安娜·卡列尼娜》

一个人外在的财物越多，生活条件越完善，他离自我牺牲的快乐就越远，就越难得到这种快乐。富人们几乎完全丧失了这种快乐。对于穷人来说，任何一点有助于他人的劳动，任何一块送给乞讨者的面包，都是一种自我牺牲的快乐。

而富人呢，即使从他 300 万家产中拿出 200 万来给别人，他也体会不到自我牺牲的快乐。

《生活之路》

人们只有在认识"自己绝对不曾诞生，可是却一直存在，而且现在依然存在，以后还要永远存在"的时候，才会认识自己的不死。人们只有在理解"自己的生命不仅是一股波浪，而且是永恒的运动"的时候，才会相信自己的不死。

《人生论》

看见一头将死的动物的时候，一个人感到一种恐怖的意味：与他自己的体质相同的东西在他眼前死下去了。但是，假如将死的是一个心爱的亲密的人，除了对生命的灭亡所感到的恐怖，还有一种分离的感觉，一种精神的创伤，这一种精神的创伤，正如一种身体的创伤，有时致命，有时痊愈，但是一碰到任何外界使人烦恼的触摸，总要作痛和退缩。

《战争与和平》

对于不死的信仰，并不是任何人都能领受，都能在内心栽植这种不死的信念。为了让不死的信仰存在，首先就必须使信仰存在，而为了使信仰存在，就必须使自己在不死的这个方向上，掌握自己的生命。能够相信来生的人，在他完成了自己的人生事业后，便成为这个世界上未能平息之处，唯一能在有生之年确立对世界新关系的人。

《人生论》

灵魂如一块透明的玻璃，而神便是穿过玻璃的光芒。

《人生之道》

人类对于死亡的恐惧，产生于肉体的毁灭及丧失人生幸福的可怕心理。如果人们能把别人的幸福视同自己的幸福，也就是比爱自己更爱别人的话，那么死就如同只为自己而活的人们所想的一般，所谓"幸福与生命的断绝"，在他是想都未曾想到的。关于死，对于一个为他人而活的人来说，可能不曾想到"幸福与生命的破灭"。为什么呢？因为他的幸福与生命，不仅不会随着为他人服务的人类生命灭亡而灭亡，反而会经常由于他人生命的牺牲而被加强扩大。

《人生论》

当你的灵魂生命之光熄灭之时，你的肉体欲望的阴影就会遮住你的路，要提防这个可怕的阴影：只要你不从自己的灵魂中赶走肉体的欲望，你的灵魂之光就无法驱散这种阴影。

《生活之路》

人的实际生活，只是开始于人为了灵魂、而不是为了肉体寻找幸福的时候。

《生活之路》

只要你把习惯的生活抛开片刻，从各个角度看一看我们的生活，你就会发现，我们为了得到臆想的生命保障而做的一切，根本不是为了保障我们的生命，而仅仅是为了让这种想象中的生命保障占住我们的头脑，以忘掉我们的生命是无论如何也得不到保障的。我们欺骗着自己，为了臆想的生活而葬送实际的生活，这还不够，我们在这种对保障的追求中，最常毁掉的正是我们想使之得到保障的东西。一个富翁要保障自己的生命靠的是他有钱，而正是这些钱使一个强盗受到诱惑，他就来杀死这个富翁。一个总怀疑自己有病的人想保障自己的生命，就去不断地治病，而这个治病的过程就会慢慢地杀死他，即使不会杀死他，无疑他也已经失去了真正的生命。

《生活之路》

Memento mori（注：拉丁语）是"不要忘记死"的意思，这实在是一句意味深隽的话。我们终究都会死亡。如果我们不忘记死亡，我们全部的生活，大概会有很大的不同。如果有个人知道他在三十分钟后就要死去，他在这三十分钟内，一定会想做一些无意义的傻事，特别是做坏事。但是，假设你和死亡之间隔了五十年的岁月，在这五十年当中，你会做和那三十分钟所做的一样的事吗？

《人生之道》

所谓肉体的死亡，是指空间上的肉体与时间上的意识之消失。然而，构成生命基础的东西，也就是这个世界与各个存在的生命之间所成立的特殊关系，是不会消失的。

《人生论》

摆脱肉体自私的主要困难是，肉体的自私是生活的一种必要条件。人在童年的时候它是必要的，自然而然的，但随着理性的显现，它就应逐渐减少，最终消失。

孩子不会为自私而感到良知的谴责，但当理性显现出来的时候，自私对人本身来说就成为一个负担；随着生活的进展，自私心就越来越淡薄，而当死期临近的时候，它就会完全消失。

《生活之路》

没有牺牲就没有生活。人的一生，不论你是否愿意这样，就是为了灵魂而牺牲肉体。

《生活之路》

人类的死亡，是因为人们已无从再增加真实生活中的幸福，而不是因为得了肺病、患了癌症或是被射杀，或是处于爆炸事件当中的缘故。

《人生论》

在与上帝单独相处的时候，没有什么比内心的劳动更重要的了。

这种劳动就是要使自己克制获取动物个性的幸福的欲望，提醒自己肉体生活的虚幻性。只有当你单独与上帝相处时，才能做到这一点。当你与他人相处时，则来不及做了。在你与他人相处的过程中，只有当你已准备好在独处中舍弃自我并与上帝合为一体时，你才能够妥善地做好一切。

《生活之路》

生活中唯一真正快乐的事就是灵魂的成长，而灵魂的成长需要舍弃自我。舍弃自我要从小事做起。当你在小事上学会舍弃自我时，你就会有勇气在大事上舍弃自我。

《生活之路》

是否有所谓死后的世界？这个问题就如同——所谓的时间，是承受肉体限制的人类思考方式的结果，抑或对所有的存在而言，是不可欠缺的条件？

对于所有的存在而言，时间不可能皆是不可欠缺的条件。这可由我们都是根据自己来认识不受时间限制之物，即存在于现在之自我的生命，而得到证明。所以"是否有死后的世界？"这个问题，说实在的，与"尾随时间之后的人类观念，以及存在于现在的生命意识，这两者何者为现实的？"是相同的问题。

《人生之道》

我们知道，雷鸣是在打雷之后，所以在雷鸣之时，绝对没有被雷打到之虞。但是，我们在听到雷声之时，总会震惊颤抖。在死亡的场合也是一样的，不了解生命意义的人，以为死亡就是完全的毁灭，所以他们恐惧死亡，并尽其所能地逃避死亡。愚蠢的人在听到雷声之后，明明早已没有被雷打到的忧虑，他仍要想法子躲藏起来。

《人生之道》

不是明天就是今天，说不定他们个个都会雄赳赳气昂昂地去迎接死亡，都会坚强而从容地死去，但在这种连最冷静的人都感到恐惧、绝望的残酷处境中，生命的唯一慰藉就是忘却和糊涂。人人的灵魂深处都藏着一朵可以使他成为英雄的崇高火花，但这火花并不经常在明亮地燃烧，只有到了紧要关头才会变成熊熊的烈焰，把伟大的事业照得光辉灿烂。

《1855 年 8 月的塞瓦斯托波尔》《一个地主的早晨》

只有在人们错把肉体上的动物生存法则，当作是人类生存的法则时，死亡与痛苦才会被看成是一种灾祸。

他虽为人类，却沦落至动物的等级——只有在这个时候，他才会看见死亡的痛苦。

《人生论》

有些人想说，为了完成人生的使命，为了得到幸福，必须要有健康、财产和优越的外部条件。这是不对的：健康、财产和优越的条件对于完成人生使命和获得幸福来说是不需要的。我们已被赋予了获得灵魂幸福（这种幸福是无论如何不会遭到破坏的）、获得宏扬自身爱心的幸福的可能。我们应做的只是相信这种灵魂生活，并把全副精力都投入到其中去。

你以肉体生活为生，为了它而劳作，然而一旦这种肉体生活出现了障碍，你就应从肉体生活转入灵魂生活，而灵魂生活永远是自由的。这就如同鸟儿长着翅膀，同时又可以用爪子走；只要遇到不便或险情，鸟儿对自己的翅膀是充满信心的，它就会展开双翼，腾空而起。

《生活之路》

痛苦，深切的同情除外，是由于害怕对忍受痛苦的人所表示的高度敬意会变成对他的侮辱。

《十二月的塞瓦斯托堡》

因吃太多美食或缺乏劳动而病死的人，远比饿死的人来得多。

《人生之道》

所谓死亡的恐惧，并不是指对死产生的恐惧，而是对虚幻的生存感到恐惧。最好的证据，是人们屡屡因死的恐惧而自杀的事实。

《人生论》

死亡的恐惧，由于人们错误的观念，使得原本只是局限在生命小角落的一部分，被当作是人生，而不断滋长着。

《人生论》

真正的精神病患，无疑的只认为别人都有精神错乱的征兆，但却不承认自己的精神错乱。

《恶魔》

如果一个人明白，生活及生活的幸福就在于灵魂从肉体的这种解脱，那么无论出现什么样的不幸、苦难和病痛，他的生活都不可能成为其它的样子，而只能是一种牢不可破的幸福。

《生活之路》

如果你想达到认知包罗万象的我，首先需要了解你自己本身。为了了解你自己本身，你必须为了万物共有的我而牺牲自己的我。

《生活之路》

读书·学习

读书可以说是追踪别人的生活的反映。

《安娜·卡列尼娜》

关心公益应当是每个有相当教养的人所共同的。

《安娜·卡列尼娜》

天才的十分之一是灵感，十分之九是血汗。

《外国名作家传》

重要的不是知识的数量，而是知识的质量。有些人知道得很多，但却不知道最有用的东西。

《外国名言一千句》

67

知识，只有当它靠积极的思维得来而不是凭记忆得来的时候，才是真正的知识。

《通信》

如果学生在学校里学习的结果是使自己什么也不会创造，那他的一生永远是模仿和抄袭。

《通信》

重要的不是知识的数量，而是知识的质量。有些人知道得很多很多，但却不知道最有用的东西。

《通信》

没有智慧的头脑，就像没有蜡烛的灯笼。

《通信》《人生箴言录》

知识是工具，而不是目的。

《外国名言一千句》

不要把学问看作是用来装饰的王冠，也不要把学问看作是用来挤奶的奶牛。

《外国名言一千句》

智慧是无穷的，它前进得越远，也就越为人们所需要。

《外国名言一千句》

智慧不怕无知，不怕疑惑，不怕勤奋，不怕探讨，怕的是：确认什么是它所知道的，什么是它所不知道的。

《外国名言一千句》

聪明人的特点有三：一是劝别人做的事自己去做，二是决不去做违背自然界的事，三是容忍周围人们的弱点。

《外国名言一千句》

"我珍惜每一滴水，并把它注入到《复活》里。" "我的整个身心都浸透在《复活》里，进展顺利。完全接近结局了……长久以来，从理智上和肉体上，我都没有感觉到自己这样惬意，这样朝气蓬勃了。""《复活》扩展起来了，差不多要写出一百章。"

《日记》

"现在，我完全醉心于修改《复活》。我自己也没有预料到，怎么能在其中那么多地叙说法庭、刑罚的罪过和谬悖。"

《给巴·伊·毕留科夫的信》

"我不知道是好还是坏，但是，非常聚精会神地从事《复活》写作。我期望说出许多重要的事情。因此，我这样被吸引住了。"

《给巴·伊·毕留科夫的信》

"我本来致力于自己所喜爱的事业，像个醉汉一样，我怀着这样的热情创作，以致全身心都沉醉其中了。"

《给巴·安委·布朗日的信》

"我不能把自己的信念表达出来。从哲学上感到不鲜明，有时觉得好，有时又像中了魔。我想，一切重新做起，或者断然搁置起来，去写中篇小说（《复活》）或者戏剧。"

《日记》

不好的书不仅无益，而且有害。应当首先竭力阅读和了解各个时代和各个民族的最优秀作家的书。

《外国名言一千句》

假使你想写一本书，但是可以不把它写出来，那就不要写。

《通信》

托尔斯泰

道德·修养

为了取得前进的力量，我们就必须怀抱达到一个乐土的希望。

《战争与和平》

无论他是怎样的，他都不可能改变自己。如果我们对一个人表现出敌意，他除了像与不共戴天的仇敌一样与我们斗争，还能怎么做呢。其实，如果他能改变其固有的样子，我们是愿意与其友善相处的。但要他改变是不可能的。因此，应当对每个人都以善相待，不管他是什么样的人，而不去要求他做力所不及的事：即不要求一个人改变其自我面貌。

《生活之路》

人们可以不去想什么是坏事，但是一定要认为做坏事是一种罪恶。

《上帝的天国在你心中》

人们说，对于做善事的人来说，无须奖赏。如果认为奖赏并不在你心中，而且不是在此刻，只是在未来，那么这种说法就是对的。但如果没有奖赏，如果善不给人带来快乐，那么人就不会去做善事。问题仅在于，要明白什么是真正的奖赏。真正的奖赏不是外在的，也不在未来，而是在内心和现在。

《生活之路》

你最好在心中刻着：就算他是个非常不道德、不公平、愚蠢且令人不愉快的人，如果你停止对他尊敬，那么不只你与他的关联，就连与世界所有心灵上的关联，都会因此中断。

《人生之道》

不能爱美丽的虚伪。

《艺术论》

想要拥有自由，就要适应无欲的自我。

《人生之道》

怀疑是人类天生的弱点。

《安娜·卡列尼娜》

如果行善有原因，那便是不善。如果行善有结果，亦即有报酬，那也不是善。真正的善，被锁于原因与结果的门外。

《安娜·卡列尼娜》

人们常常以为摸得到的东西就是存在着的。但是，事实上却是相反的。我们看得到、听得到、摸得到的东西都是虚无的，只有我们的"我"，也就是我们的灵魂，才是真正存在的东西。

《人生之道》

问：在慌忙之际，要做些什么才好？
答：最好什么都不要做。

《人生之道》

嫉妒是一种可耻的感情。

《安娜·卡列尼娜》

人们常常会以"工作太忙、没有时间"为借口，傲然地拒绝一些纯娱乐。虽然他们并不认为纯粹的快乐游玩，比一些平常的工作重要，但是忙碌的人们用以拒绝娱乐的借口，却是一些不做还比较好的工作。

《人生之道》

每当有人问我"要如何来服务别人"的时候，我会这样子回答："对别人行善，不是捐钱给别人，而是行善。"行善，通常被人们认为是捐钱。但是在我的心目中，行善和捐钱不仅是完全不同，几乎是相反的两件事。金钱本身就是一种罪恶，捐钱就如同行恶。把捐钱当作行善的错误想法，或许在人们行善之时，可以让人们逃离拥有金钱的罪恶感，然而捐钱的举动，却只能稍微让人们减少一点罪恶感。真正的行善，是为别人做好事。为了了解对别人来说什么事是好事，我们必须在人与人之间，建立亲密的关系。所以，行善不需要金钱。最重要的是，我们要有勇气，暂时抛开生活上没有意义的一些习惯。不要老是担心衣服和鞋子会不会弄脏，不要害怕蟑螂或虱子之类的小虫子，也不要惧怕伤寒、白喉或天花。我们要做的，是亲近衣着褴褛的人，坐在他们的床边与他们闲话家常，让他们感觉到我们一点都不装模作样，一点也不骄傲，而且尊重他们敬爱他们。我们必得在为达到这个目标而舍弃自我的过程中，探索人生的意义。

《关于莫斯科市的人口普查》

一切利己的生活，都是非理性的、动物的生活。

《日记》

谁也不满足于自己的财产，谁都满足于自己的聪明。

《安娜·卡列尼娜》

反悔重做，比什么都没做还糟。急躁匆忙的结果，比迟缓延宕的结果还不如人意。

良心的苛责，对没做过的事，总比对做过的事来得少。

《人生之道》

如果给予别人的并非自己所牺牲的东西，只不过是自己所剩余不要的东西罢了，如此只会使受者感到愤慨而已。

《人生之道》

随便什么都比虚伪和欺骗好。

《安娜·卡列尼娜》

如果你注意到社会组织中的坏处，而想纠正它的话，那么你必须要知道，纠正的手段只有一个，那就是所有的人，都要成为更好的人。为了让所有的人都能成为更好的人，你唯一能做的事，就是让自己成为更好的人。

《人生之道》

如果说贫穷的人很悲惨，富有的人则是双倍的悲惨。

《人生之道》

有钱人的自满并非良举，而穷人的嫉妒则更加恶劣。指责有钱人的举动，对比自己更贫穷的人来说，与有钱人的作为是一样的，

托尔斯泰

而这种人实在不少。

《人生之道》

声称为了维护正义而结束别人的生命，就如同一个人重蹈使他损失一只手的灾厄之中，并为了正义而将他的另一只手斩断的作为一般，两者极为相似。

《上帝的天国在你心中》

实业家为了补偿因利用别人的劳力而加诸于别人身上的苦难，他们尽其所能不断地敛取财富，不断地为剥夺别人的劳力而努力。

《怎么办》

富有人们的满足，是从贫穷人们的泪水中得来的。

《人生之道》

人们依自己的判断力而时常犯的一个极大的错误，是认为自己所喜欢的东西都是好的。人们喜欢富裕，因而在人们内心当中，明明认为财富不是好东西，却硬要强迫自己把富裕想成是好东西。

《人生之道》

我们如果完全知道我们的行为后果，那么也可以知道这个行为毫不足取。

《人生之道》

受痛苦折磨而忍受不住的人，将自己的生活与世界远远地隔离。为了拿因自己的错误而造成的痛苦来向世界质疑，不但否认了自己的过错，也不认为自己有罪；而对于他认为是世界的过错所制造并加诸他的痛苦，只会一味地反抗。

《人生论》

对上流社会的我们来说，不仅要避免欺骗他人和自己，更要懂得悔改。而根植于我们的教养、优雅、才气等形态之上的傲慢，更必须要驱除才行。不要拒绝和民众分享你所获得的有用东西，要停止自诩为民众的恩人或上等人的骄傲，认定自己是堕落于罪恶深渊的无用之人，而为成为一个堂堂正正的人努力不懈。对民众施舍、屈辱以及虐待，是必须禁止的事。

《怎么办》

吃饭时谈话转上彼尔的婚事。

"我听到的时候非常吃惊"，安德列王爵说道。

彼尔脸红了，一提到这个他总是这样，于是赶快说道：

"我什么时候一定把一切经过告诉您。不过您知道，一切都过去了，永远过去了。"

"永远？"安德列王爵说道。"没有永远的事呀。"

"不过您知道那是怎样结局的，是不是？你听到那场决斗了吧？"

"那么说来你也不得不干这一手了！"

"我感谢上帝一件事，就是我不曾打死那个人，"彼尔说道。

"为什么那样呢？"安德列王爵问道，"杀掉一条恶狗实在是一件好事呀。"

"不对，杀人是不好的——错误的。"

"为什么是错误的呢？"安德列王爵追问道，"人类生就不能知道什么是对的，什么是错的。人们过去常错，将来也常错，在判断是非问题上尤其是这样。"

《战争与和平》

拥有比足以养家的土地还大许多的土地，岂止是使劳动者沦落至贫穷、灾祸甚至堕落的帮凶而已，应该说是主凶才对。

《人生之道》

没有必要尊敬富有的人，更不要羡慕富有的人，我们要远离他们的生活，并哀怜他们。而富有的人们，不可夸耀自己的财富，应该要为自己的财富感到羞愧。

《人生之道》

终日玩乐的富有人们，热衷于用奢豪的生活来欺蒙世人的眼睛。因为他们知道自己是该受人轻视的，也感觉得到别人的轻蔑眼光。

《人生之道》

人们总是想逃离贫乏，为追求财富而努力。但是，贫穷与困乏会给人们不屈不挠的精神与力量，相反地，过剩和奢侈，会引导人们走向虚弱与破灭。

贫乏的人舍弃对身体和精神有益的困厄，追求对身体和精神有害的富裕，这种举动不仅浪费而且无用。

《人生之道》

自己能力范围之内的事，不要去委托别人。如果每个人都能把自家门前打扫干净的话，整条街道看起来不是就漂亮多了吗？

《人生之道》

恶魔有各式各样引人上钩的钓饵。但是，对于懒惰的人，根本不需要什么钓饵。即使看到没有饵的钓钩，懒人也会自动上钩。

《人生之道》

如果你想要安定和自由地过活，远离那些并非缺之不可的东西吧！

《人生之道》

有一些好事，常常是在不经意中完成的，所以越想努力做好事，反而会使事情更糟。

《两个骠骑兵》

儿童比成人还要聪明。儿童不知道人世间所谓的身份或地位，但却感觉得到每个人心中都有着和自己心中相同的灵魂。

《人生之道》

不自我约束，不可能会有善的生活。没有自我约束，无法想象任何形式的善的生活。要达到善的生活，完全得靠自我约束才行。

《最初的阶段》

与探讨灵魂为何物比起来，探求肉体为何物的这个问题，对我们来说是比较困难的。虽然肉体与我们是如此地亲近，但肉体终究为他人之物，只有灵魂才是我们自己的。

《人生之道》

假设人们必得劳动精神来服务别人，那么在完成这个使命的过程中，人们可能会吃许多苦。因为，精神世界是经过苦恼的阵痛，才诞生于世的。

《怎么办》

穿上合身的衣服，不如穿上合良心的衣服。

《人生之道》

一个人若拥有太多不必要的东西，会令许多其他的人为一些必需品而伤脑筋。

《人生之道》

人们即使不靠自己来认识自己的灵魂，那并非就意味着他是个没有灵魂的人，只不过是他还未去意识他的灵魂罢了！

《人生之道》

不死之灵魂需要有同样不朽的事业。灵魂所安排完成的事业，是自己也是世界不可限量的成就。

《人生之道》

没有苦恼，便收不到精神的果实。

《怎么办》

如果你想要和所有的人快乐地生活，你便不能断绝及远离别人，而且要与别人紧紧相连。

《人生之道》

成为善人以及营造善的生活，只在于施多于受。

《最初的阶段》

当你不知道要如何做才好，或是当你不知道应该做还是不应该做的时候，你最好有个心理准备——打消念头通常比你去做，结果会比较好。当你实在无法打消念头，或者当你确实知道这是一件好事的时候，你应该不会询问自己，做比较好或是不做比较好吧？当你如此问自己的时候，你自己一定知道原定的想法可以改变，而且这件事不见得是好事。如果你想做的那件事，好得让你挑不出毛病，你应该不会那样询问自己吧？

《人生之道》

对于"我们应该怎么做？"这个问题，我在自己身上找到了如下的答案——

其一，不要对自己说谎。不管自己的人生之道偏离了理性所开创的真理之道有多远，也不惧怕真理。

其二，舍弃自以为比别人正确、比别人优越、唯我独尊的骄傲，视自己为罪恶深重的人。

其三，实践人类恒久不变、光明正大的规则。亦即为维持自己和别人的生活而努力，与大自然奋战到底。

《怎么办》

揭穿别人的虚伪，是何其痛快的事；而发现自己隐藏在某处的虚伪，拆穿自己的虚伪，更是十分痛快的事。何不尽己所能，多为自己寻找这份乐趣？

《怎么办》

他对自己非常严格，连别人的恶事都知道得不多。

《怎么办》

善良又聪明的人，在他想着别人比他自己更磊落更聪明的时候，才能看得出他与别人不同。

《怎么办》

人对自己的长相或外表感到骄傲，是非常愚蠢的事。而因自己的亲友、祖先，或者阶级、民族而表现傲慢的人，更加地愚不可及。

这个世界的罪恶，大半是由这种傲慢产生出来的。人与人之间的仇视、家族与家族之间的争执、国与国之间的战争，全都是因这种傲慢而起。

《人生之道》

谁都知道，认为自己比别人优秀，是一种愚蠢的想法。认为自己的家庭比其他家庭优秀的想法，更加的愚蠢，但是人们往往不晓得这个道理，还认为这是一种特殊的美德。

《人生之道》

高傲的人像是罩上一层冰霜，任何一种好的感情，都无法打破这层防卫。

《人生之道》

我们绝对不可以认为自己比别人聪明、比别人善良、比别人优秀。因为，我们根本无法测量自己的智慧与美德，故遑论去测量他人的智慧与美德。

《人生之道》

虚荣心和真实的悲伤，是完全矛盾的两种感情。但是，两者同为深植在人类本性中的感情，所以即使在极度悲伤的情况下，也不能完全驱走人的虚荣心。悲伤时的虚荣心，是希望别人能为他悲叹，希望别人能把他当成不幸、坚强的人。像这样狡猾的希望，虽然我们自己不曾发现，但是每当我们极度悲伤的时候，它就会纠缠上我们，从悲伤那儿夺去我们的力量、尊严与诚实。

《童年》

你给予别人的，永远都是属于你的；你不打算给别人的，终究还是别人的。

如果你从自己的身上拿了什么东西给别人，这是你对自己的行善，而且这个善永远都是你自己的，没有人能够夺走它。

就算你不想给别人想要的东西，那只不过是暂时或在不得不给

88

别人之前，寄放在自己身上罢了。当死亡来访之日，你不得不放手一切。

《怎么办》

满足自己的人，常常会对别人不满。常常对自己感到不满的人，常常会对别人感到满意。

《怎么办》

真正的力量，不在于征服他人的人身上，而在于能够战胜自己，不让动物性本能支配自己的人身上。

《怎么办》

我们不能因为看不见自己所迫害的人及自己所杀害的人的表情，或者以和自己做一样事情的人实在不胜枚举为理由，而心安理得，且不以为自己是个迫害者或杀人犯。或许你可以说，你不知道你手上的钱是来自何处，所以你不是迫害者也不是杀人犯。但是如果你知道这些金钱的出处，那么你对别人（对别人，不管什么事，总是有理由可说）以及自己的良心，绝对毫无辩解的余地。

《怎么办》

决定什么东西是必要的或是好的之主宰，既不是别人的意见也不是世界的潮流，而是自己和自己的心。

《忏悔》

要提升自己的生活。仅仅如此，也能提升别人的生活，而达到视人如己。因此，我若提升了我自己，也就是提升了所有的人。

《教条神学批判》

我们认为，对别人所说的谎言，特别是有某种原因的谎言，是一种恶劣的行为。但是，我们却一点也不畏惧自欺的谎言。事实上，不管欺骗他人的谎言是多么的恶劣、虚假且显而易见，一旦跟欺骗自己的谎言比起来，就会显得微不足道。然而，我们却常在这个自欺的谎言上，筑起自己的生活。

《怎么办》

任何事，依靠真实比依靠虚假，更能快速直接地解决问题。因此，对别人说谎只会使问题更趋混乱而无法解决，用真实粉饰欺骗自我的谎言，更会毁灭人的一生。

《怎么办》

你不能轻易地原谅自己，如此一来，你才能很快地宽恕别人。

《怎么办》

自己是什么？是无限永恒的一部分。

《忏悔》

责备别人，通常不是件正确的事。因为，绝对没有人能够知道，受责备的人心理的变化，以及他的想法。

《怎么办》

当面指责别人，绝不是一件好事，因为这就如同在侮辱别人。暗地里挑别人的毛病，更是一件令人不快的事，因为这就像是欺瞒别人的举动。最明智的做法是不要去找别人的错误，并忘掉别人的缺点，而自己的缺点，则不能不找出来，并且铭记在心。

《怎么办》

完成道德的事业，才不至于因为满足于自己的成就，而阻挠了自己的进步。

幸运的是，在我们力争上游的途中，对自己的满足，常常是在眼睛看不到的地方出现。所以，要经历很长的时间，我们才能看到令人满意的成果。

如果我们认为自己有进步，那是我们根本不会再进步，或是正在退步的一种征兆。

《怎么办》

你说你的周围没有一个好人，如果你真的这么认为，这证明你也不是个好人。

《人生之道》

憎恶常常来自无能。

《人生之道》

不管事件的结局如何，人们总是事后这样说："我说会这样吧？"
经常有这样的结论。他们完全忘记了自己曾作出的无数结论中，有
许多是与事物的结局相反的猜测。

《战争与和平》

正确的道路是这样：吸取你的前辈所做的一切，然后再往前走。

《俄国文学史》

在一切日常琐事上，聪明不在于知道应该做什么，而在于知道
应该先做什么，后做什么。

《外国名言一千句》

聪明才智不在于知识渊博。我们不可能什么都知道。聪明才智
不在于尽量地多知道，而在于知道最必要的东西，知道哪些东西不
甚需要，哪些东西根本不需要。

《外国名言一千句》

如果你觉得有一点生气，在做什么事或开口说话之前，最好先

数到十。如果你感到非常愤怒，那就数到一百。

如果你在每次生气的时候，都能想到这一点，那么也就不需要数了。

《人生之道》

人们处于违反自己良心的立场时，不可能受制于他人，再来违反自己的意志。

如果你现在位于某个立场，这不是因为他人有所需要，而是因为你自己希望的缘故。

《上帝的天国在你心中》

人的自我评价越高，越容易对别人感到憎恶。人越谦虚，越会变得善良，愤怒也会越变越少。

《人生之道》

正确的道路是这样：吸取你的前辈所做的一切，然后再往前走。

《俄国文学史》

曾经有某个人对你无礼，并惹你生气，事后你在心中深植了对他的敌意，因此你每次想到他，内心便感到愤愤不平。这全是因为守候在你心头的恶魔，趁着你愤恨烦躁的一瞬间，占据了你的心，并反客为主地支配你整个人。将这个恶魔驱逐出境吧！小心谨慎，不要让恶魔有跳进你心头的机会！

《人生之道》

宽恕并不是口头上说："我原谅你了！"就好了。对于对自己无礼的人的恨意，亦即敌意，都要从心里扫除干净，这才叫作宽恕。为此，我们不能忘记自己的罪恶。如果我们没有忘记自己的罪恶，我们一定会认为自己的行为，比惹我们生气的人的行为，还要恶劣得多。

《人生之道》

没有人想到，承认一种与是非标准不相符合的伟大，不过是承认他自己的没有价值和无限的卑劣。

没有单纯，善良，和真实，就没有伟大。

《战争与和平》

投石入深水中，不会使水混浊。人也一样。受到侮辱时立刻会发怒的人，不是河川，而只是一摊水罢了。

《人生之道》

给自己辩护的人，告发了他自己。

《战争与和平》

人们常喜欢挖掘别人的缺点，来凸显自己的存在。这也正暴露了人们自己的缺点。

人越是聪明善良，越会发现别人的优点。相反地，越愚蠢及心肠不好的人，越容易看到别人的缺点。

《人生之道》

只要坚定不移地向着目标前进，就一定会达到目的。

《〈安娜·卡列尼娜〉的创作过程》

为何有些人在和对手碰面时，很幸运地只见到他坏的一面，而无视他所有的优点；而相反地，有些人只在对手身上找到优点，尤其是胜过自己的优点，即使那会成为紧紧刺痛他胸口的记忆。

《安娜·卡列尼娜》

我们寻找伟大的人物，我们除了他们的理想的模仿者而外，一无所获。

《战争与和平》

在一个听差看来，任何人都算不得伟大，因为一个听差对于伟大有他自己的想法。

《战争与和平》

最好不要想明天的事。所以，我们只好不停地想着，如何让今天此时此刻正在进行的工作，能做得更好更完美。

《人生之道》

如果我能够强制别人去做好事，或者是我所想的事，那么同样的，别人也能强制我去做好事，或者做他们所想的事。即使双方所认为的好事，以及心中所想的事，完全背道而驰，也是如此。

《人生之道》

宗教，是人类在自己的人格与无限宇宙（或者宇宙的根本）之间，建立起来的特定关系。道德，则是从这个关系中衍生出来的，不断绝的生活指针。

《宗教与道德》

如果我把在地质学、天文学、历史学、物理学、数学等领域所知的东西，告诉一个在这些方面一无所知的人，他因为得到了全新的知识，故绝不会说："这有什么新鲜！不是所有的人都知道吗？我老早就知道了！"之类的话。但是，如果你要诉说的，是有关道德上的最高尚真理，那么你最好试着用仿佛未曾有人表现过的、极其简洁易懂的方式来表达。大部分的人，特别是不关心道德问题的人，或是在听了你有关道德真理的阐述之后产生不快的人，一定会说："谁不知道你说的？这不就是人们经常耳提面命的事吗？"他们认为这些全是陈腔滥调。只有重视、尊敬道德真理的人，才会了解道德的真理，才会使道德的真理化为简单明了的道理——亦即从冷漠茫然中意识到的希望和想象，以及从漠然捕风捉影的表现，转移到积极要求某种适当作为的明确表现。这是极其宝贵的作为。他们知道，这必须要经历长久的辛劳与痛苦，才能达到这个目标。

我们习惯把道德上的教诲，想成非常迂腐无聊的东西，认为在这当中不可能会有新鲜有趣的事物。但是，在被人们认为与道德似乎没什么关系的各种重要活动当中，包括政治的、科学的、艺术的、商业的活动等，人类生活的全部，渐渐地在发扬光大道德的真理，并渐渐地化道德的真理为简单明确的道理。除此之外，人类未抱有任何的目标。

《怎么办》

只有完成内在的道德，才能改善个人与社会的生活——这是人类的生活法则。

《宗教是什么及其本质是什么》

从外表来看，人类是从事着商业、缔结条约、战争、科学、艺术等事业。但事实上，人类的重要事业及正面经营的事业只有一个，亦即探明人类赖以为生的支柱——道德的规则。道德的规则早已具备，只待人们去探索、解明。不需要道德规则的人，认为去探索解

明道德规则的做法，既无聊且毫无价值。但是，去探索解明道德规

则，是全人类重要且唯一的事业。这个重要性，就好比区分刀子的

好用与不好用一般，很难分辨，每把刀子看起来都一样。对于不用

刀子的人来说，刀子好用与不好用之间，几乎没有差别。但是，对

于刀子的好坏会影响到自己生活的人来说，刀子的好坏与否，是非

常重大的问题。这样的人，只有在刀子锋利好用的时候，亦即在刀

子派得上用场的时候，才会了解维持刀刃的锋利，须得花上无止境

的功夫。

《怎么办》

断离宗教而想建立道德的尝试，就如同打算移植喜爱的花草，

但却认为根无用且碍眼而把根摘掉的幼童作为一样。

《宗教与道德》

回忆往事与想象未来，是为了在探索过去或未来之后，使我们

在决定现在的行为时能够比较正确，而不是为了忧伤过去及为未来

准备。

《人生之道》

有两个方法可以让人们逃离贫乏的痛苦。一种是增加自己的财富，另一种是让自己习惯于满足一点点的东西。财富的增加，经常是靠不正当的手段，而且不一定行得通。而缩小自己的欲望，非但行得通，还是与心灵交会的一种美事。

《人生之道》

没有能力根据自己本质上的价值来对人表示尊敬的人，往往会本能地害怕与部下接触，而恣意地表现出自大的态度，并尽力远离别人对自己的批评。

《八月的塞瓦斯托堡》

托尔斯泰

不自己思考事物的人，是别人思想的奴隶。作为别人思想的奴隶，远比肉体成为别人的奴隶，更加卑贱。不管别人用任何语言加诸你，都不要在意，你要用自己的头脑来思考，要有自己的想法。

《人生之道》

人们要是意识到没有任何事物可以妨碍他改变姿势的时候，即使他保持着同样的姿势跷着二郎腿，不管多久都可以一直坐下去的

时候，他的脚就会开始发麻、僵硬，心里只想着哪个地方可以让他

伸一伸腿？

《安娜·卡列尼娜》

要有生活目标：一辈子的目标，一段时期的目标，一个阶段的

目标，一年的目标，一个月的目标，一个星期的目标，一天的目标，

一个小时的目标，一分钟的目标，还得为大目标牺牲小目标。

要尽可能做一个对祖国有用的人。

《托尔斯泰传》

我们应当宽容小的弱点；……我们应当体谅每一个人。了解一

切就会原谅一切……

《战争与和平》

凡是人，都是一部分依照自己的思想，一部分依照别人的思想

来生活和行动的。

《复活》

谁也不满足自己的财产，谁都满足于自己的聪明。

《安娜·卡列尼娜》

意识是与理性完全无关的自我认识的来源。人类借着理性来观察自己，但是只有借着意识他才认识自己。

《战争与和平》

面对危险的胁迫，人类灵魂中总有势均力敌的两种声音：一种很合理教人考虑危险的性质和避免危险的方法；另一种则更合理地说，考虑危险太令人丧气和痛苦了，因为预见一切和回避大势不在人类能力之内，所以在痛苦的事到来以前还是不去管它而去想愉快的事好。一个人在孤独中，大致听第一种声音，但是在社会中，就要听第二种了。

《战争与和平》

我将在"历史"的封面上写上这样的题词："我无所讳言"。

《日记》

一切利己的生活，都是非理性的、动物的生活。

《最后的日记》

彼尔又自言自语道："我们所能知道的不过是我们什么也不知道。这乃是人类智慧的顶点。"

《战争与和平》

最高级的智慧不单单地建立在理性上，理性的知识分作物理、历史、化学，以及诸如此类的尘世科学，最高级的智慧不建立在这上头。最高级的智慧是一。最高级的智慧只有一种科学。为要接受那种科学，清洗和革新我们内在的自己是必要的，所以在我们能知道以前，信仰和改善我们自己是必要的。为要达到这个目的，我们有上帝注入我们灵魂中的所谓良心的光。

《战争与和平》

产生巨大后果的思想常常是朴素的。

《外国名言一千句》

高傲的人，会受到各种惩罚。其中最为严重的惩罚，是不管他拥有什么样的优点，不管他如何的努力，都无法让别人喜爱他。

《人生之道》

使别人幸福比使自己幸福更不容易。

《一个地主的早晨》

人们常说，以真心对待别人，就算是用恶来回报别人的恶，也无所谓。这是个错误的想法，只是用来欺骗自己的借口罢了。以恶来回报别人的恶，并不是真心在对待别人，而是报仇。用恶来矫治恶，这根本是不可能的。

《人生之道》

一个人在心醉神迷的时刻往往最自私。

《哥萨克》

傲慢与意识到身为人的价值，是完全不同的两回事。傲慢会随着他人表面上的敬意与称赞而增加，相反地，自我价值的意识会因为表面上的侮辱与非难，愈发地坚强。

《人生之道》

我欺骗不了我自己。

《复活》

不幸的人喜欢见到同情他的人，喜欢向别人诉说痛苦，喜欢听充满爱与同情的话。

《十二月的塞瓦斯托堡》

满足自己的人，其实只拥有一点点值得满足的东西。

《人生之道》

显示心灵的优点比显示外形的美更好，更有价值。

《家庭的幸福》

每一个人都有不一样的习惯。但是，为什么抽烟和喝酒是大家共同的习惯？连有钱人和穷人都相同。这是因为——大多数的人对自己的生活都感到不满。人们之所以会对自己的生活感到不满，是因为所有的人都在追求肉体上的快乐。肉体是永远无法感到满足的。因为这个不满，不管穷人或有钱人，大家都打算用抽烟和饮酒，来忘却自己。

《人生之道》

越是爱自己，越会跟他人争夺，引起他人的仇视，于是彼此就起而以刀刃相向。越是想要逃避痛苦，痛苦就越强烈。这就如同越是想从死亡线上挣脱，死亡就越显得恐怖。

《人生论》

成功唯一的先决条件是忍耐。许多事的最大障碍，特别是以往曾造成的一些损失，都是因为太急躁的缘故。这一点不可不铭记在心。

《日记》

心胸狭窄的人，他的苦恼是由于不明了别人对他的评价而产生的。所以，不管是任何的评价，只要清清楚楚地被表明出来，苦恼就会立刻消失。

《童年》

越觉得状况很难解决，越没有付诸行动的必要。因为，我们经常砸坏一些因我们行动的付出而开始有些好转的状况。

《人生之道》

真实的最确实特征，是简单明了。虚伪通常很复杂、棘手，而且饶舌。

《人生之道》

人们只有在彻底了解什么是自己没有必要去做的事之后，才能知道什么是自己必须去做的事。不做没有必要做的事，自然会去做该做的事，即使自己不明白为了什么，也可能会去做。

《人生之道》

每个人的灵魂深处都有一颗能使他成为英雄的高尚的火花。

《塞瓦斯托波尔的故事》

如果你不想做坏事，除了要训练自己不去做坏事之外，还要克制自己不说坏话，最重要的是要训练自己不起坏的念头。不说坏话，是指当你兴起要嘲笑别人、挑别人毛病、责骂别人的念头时，要马上闭嘴，并掩起耳朵。当你的脑海中出现恶念之时，就算对方真的令你感觉很恶劣，也不要管对方是否真的该骂，你都要立刻将你的恶念驱逐出境，并转移你的注意力到其他的事情上。训练自己口不出恶言、心不思恶念，才有可能与坏事绝缘。

《人生之道》

尽心尽力做好事，不如努力去做个好人；为光明灿烂的前途而努力，不如尽力做个光明磊落的人。人类的灵魂就住在玻璃瓶里，人们可以擦亮整个瓶子，也可以污染整个瓶子。没有污染的玻璃瓶，真理的光才可能射透、发亮，且不但是自己发光，也照射到别人。因此，保护自己的玻璃瓶不受到污染，亦即内在的培养，是人类最重要的课题。千万不要让自己受到污染！如此你才有可能成为一个光明磊落的人，并照亮别人。

《人生之道》

意志消沉的时候，要像在照顾病人一样来对待自己；而且，最重要的是不要打算做任何事。

《人生之道》

我们常说时间在流，这是不对的。正在前进的是我们，而不是时间。我们在河上行舟之时，常常以为是两岸在动，而不是船在动。时间之于我们，也是如此。

《人生之道》

时间不存在，有的话，也只在一瞬间。我们生活的全部，就在这一瞬间，所以在这一瞬间，我们必得付出我们的全力。

《人生之道》

是的，时间会过去，时间会安排一切，原来的关系又会恢复的……恢复到这样的地步，使我不再觉得生活中有过变故。

《安娜·卡列尼娜》

只有一个时间是重要的，那就是现在！它所以重要，就是因为它是我们唯一有所作为的时间。

《三个问题》

　　时间只存在于我们之前以及我们之后，而不是在我们的身边。人一旦只沉浸于过去和未来，便会失去最重要的东西——现在的真实生活。

《人生之道》

托尔斯泰

文学·艺术

艺术不是享乐、安慰和娱乐；艺术是一桩伟大的事业。艺术是人类生活中把人们的理性意识转化为感情的一种工具。

《艺术论》

不过，尽管列文很敬爱柯兹尼雪夫，他同哥哥一起在乡下生活却觉得无聊。看到哥哥对乡村的态度，他就觉得别扭，简直有点不愉快。对列文来说，乡村是生活的地方，是欢乐痛苦和劳动的地方；对柯兹尼雪夫来说，乡村既是劳动后休息的场所，又是驱除都市乌烟瘴气的消毒剂，他相信它的功效，乐于享用。对列文来说，乡村好就好在它是劳动的场所，而劳动又是绝对有益的；对柯兹尼雪夫来说，乡村所以特别好，就因为住在那里可以而且应当无所事事。此外，柯兹尼雪夫对老百姓的态度，也使列文有点生气。柯兹尼雪夫说，他了解并且喜爱老百姓，常常同农民谈话，善于同他们交谈，不装腔作势，十分自然，每谈一次话，都使他得出有利于老百姓的结论，因此，足以证明了解他们。列文不喜欢像哥哥那样对待老百姓。对列文来说，老百姓是共同劳动的主要参加者。不过，虽然他对农民怀着敬意和一种近乎骨肉之情——他自认为所以有这种感情，多半是由于吮吸了农家出身的乳母的奶汁的缘故，——虽然他同他们一起劳动时，对他们的力气、温顺和公正感到钦佩，但当共同的事业需要其他品德时，他又会对他们的粗心、疏懒、酗酒和撒谎感到恼火。要是有人问列文爱不爱老百姓，他一定不知道该怎样回答。他对老百姓也像对其他一切人那样，又爱又不爱，当然，他为人心地善良，对任何人都是爱超过不爱，对老百姓也是这样。但是，他不能把老百姓当作一种特殊的人物来对待，因为他不仅同老百姓生活在一起，不仅同他们利害完全一致，而且因为他自以为是老百姓中的一员，没有看到自己和他们有什么不同，不能拿自己同老百姓进行对比。此外，虽然他作为东家和调解人，尤其是作为顾问（农民都很信任他，往往从四十里外跑来向他求教），长期同农民保持着密切联系，他对老百姓却没有固定的看法。要是问他了解不了解老百姓，那也会像问他爱不爱老百姓那样，使他感到难以回答。说他了解老百姓，那等于说他了解一切人。他经常观察和研究各种各样的人，其中包括农民。他认为他们是善良而有趣的，他在他们身上不断发现新的特点，因此不断改变对他们的看法，同时也在不断形成新的观点。柯兹尼雪夫正好相反。他拿他所不爱好的生活同田园生活相比较，因而爱好和赞赏田园生活。同样，他拿他所不喜欢的那个阶级的人同老百姓相比较，因而也就喜爱老百姓。而且把老百姓看得同其他人截然不同。在他思路清楚的头脑里对老百姓的生活明确地形成了一种固定的观念。这种观念部分来自生活本身，但多半是由于同别种生活相比较而产生的。他对老百姓的看法和对他们的同情，从来没有改变过。

《安娜·卡列尼娜》

"今天，当这颗闪烁的小星忽然在欢乐的、快活的、亲切的背景上出现的时候，我完全出乎意料地想起美妙——确实是产生爱情的美妙，宛如突然扑来的菩提树的香味或者投射来的月影。还是一颗含苞待放的花蕾，也没有鲜明的影子和光线，但是，有了新的令人心醉的欢乐和不安。这是好的，但是只有第一次和最后一次才会是这样。"

《日记》

"作家、艺术家在看到人们苦难时，与其说是同情，不如说是为了再现它而进行观察，这好像是荒谬而不道德的。可是，这不是不道德的。和一部艺术作品产生的精神影响相比，即使是好事，一个人的痛苦也是微不足道的小事。"

《日记》

"描写内心变化，复苏是最艰巨的艺术任务之一，如果写得恰到好处，这种描写的作用非常有力；要是写得不合适，完全不会发生效力，甚而产生反面作用。"

《给雅库鲍夫斯基的信》

"要是从一部作品里鲜明地写出一个人的流动过程，才算是出色地写出一部艺术作品。同样的一个人，有时是凶神，有时又是天使；时而是个聪明的人，时而又是个白痴；有时是个壮汉，有时又是个懦夫。"

《日记》

对于敏感而聪明的人说来，写作艺术之所以好，并不在于知道要写什么，而是在于知道不需要写什么。任何出色的补充也不能像删节作品那样的大大改善作品。

《古典文艺理论译丛》

他（彼埃尔）欠起了身，想走过去，但是姑母直接地从爱仑的背后把鼻烟壶递给他。爱仑向前弯腰让地方，并且微笑着回头看了一下。她像往常去赴晚会时那样，穿着时髦的前后领口都开得极低的衣服。她的上半身，在彼埃尔看来，总好像是大理石的一样，离他的眼睛是那么近，他的近视的眼睛不自觉地辨别出了她的肩膀和颈子的生动的美，并且离他的嘴唇是那么近，他只要微微地把头低一下，便可以触到她。他感觉到她身体的温暖，香水的芬芳，听到她动作时的胸衣声。他没有看见她的和衣服合成一个整体的大理石般的美丽，他只看见并且感觉到她的只被衣服合成一体所遮蔽的身体的全部魔力。并且一旦看见了这个，他便不能有别的看法，正如同我们不能够恢复一度被说明的错觉一样。

"您真的到现在还没有注意到我是这么美吗？"似乎爱仑这么说。

"您没有注意到我是女子吗？是的，我是女子，我可以属于任何人，也可以属于您。"她的目光这么说。就在这个时候彼埃尔觉得，爱仑不但能够，而且应该做他的妻子，觉得这是非如此不可的。

《战争与和平》

玛丝洛娃就是这样理解生活的，根据这样的生活观点她就非但不是微不足道的人，而且是极其重要的人。玛丝洛娃把这样的生活观点看得重于人世间的一切东西，她也不能不重视它，因为她一旦改变这样的生活观点，就丧失了由这种观点所取得的她在人世间的重要性。为了不失掉她在生活里的重要性，她就本能地去依附那班对生活跟她抱着同样看法的人。

《复活》

只有使人类结合起来的艺术，才是唯一有价值的艺术。有价值的艺术家，是为他的信念作出牺牲的艺术家。一切真正的职业的先决条件，不是对艺术的爱，而是对人类的爱。也许只有充满了这样的爱的人才适合作为艺术家并做出什么有价值的事来。

《艺术论》

一切真正的职业的先决条件，不是对艺术的爱，而是对人类的爱。也许只有充满了这样的爱的人，才适合作为艺术家而做出什么有价值的事来。

《艺术论》

她的魅力在于她这个人总是比服装更引人注目，装饰在她身上从来不引人注意。她身上那件钉着华丽花边的黑衣裳是不显眼的。这只是一个镜框，引人注目的是她这个人：单纯、自然、雅致、快乐而充满生气。

《安娜·卡列尼娜》

卡列宁生活中的每一分钟都预先排定，都有活动。为了完成每天摆在他面前的事，他总是严格遵守时间。"不紧张，不休息"——这是他的信条。

《安娜·卡列尼娜》

卡列宁这辈子一直是在处理各种生活问题的官府里工作的。可是每当他自己同生活发生冲突时，他却总是回避它。他现在的感受就像一个人正平静地走在一座横跨深渊的桥上，忽然发现桥断了，下面是万丈深渊。这深渊就是生活本身，而桥则是卡列宁所过的那种脱离实际的生活。

《安娜·卡列尼娜》

自我牺牲与苦恼，是思想家或艺术家的使命，因为他们的目标都是造福群众。

《怎么办》

艺术是感情的传递。

《什么是艺术》

他的弥留时刻也跟他的一生同样光明磊落和镇定。他生活得实在太正直太单纯了，因此即使在这生死关头，他对未来天堂生活的质朴信心也不可能有丝毫动摇。

《伐木·一个士官生的故事》《一个地主的早晨》

艺术是一种人类的活动，其目的在于传递人们所获得的最高尚、最美好的感情。

《什么是艺术》

未来的艺术家将会理解：比较起创作一部小说、一支交响曲或者一幅油画，来使少数有钱阶层成员得到片刻娱乐，然后永远置之脑后，那么，写作一篇童话、一支短小的歌、一首摇篮曲、一个逗乐的谜语或笑话，或者画一幅速写，来使一代又一代成百万的儿童和成年人得到欢乐，将具有无可比拟的更重要的意义。

《什么是艺术》

有些人这样生活，这样行动，就是因为别人也这样生活，这样行动，他可不是那种人。他心里想干什么，就干什么，而别人往往会学他的样，并且相信这样干是对的。他很有点才气……但他性格中最突出之点是自尊心很强。他的自尊心，虽说多半是因为有点才气，却异常强烈。这样的自尊心一般只有在男人身上，特别是在军人身上，才能见到。它已经贯穿到他的日常生活中，使他遇事总抢着不领先毋宁死的态度。自尊心甚至成了他内在的推动力；他老是拿自己跟别人比较，喜欢抢在人家的前面。

《1855 年 8 月的塞瓦斯托波尔》《一个地主的早晨》

艺术是生活的镜子。

《什么是艺术》

诗，是火焰，是点燃人类心灵的火焰。

《什么是艺术》

在聂赫留朵夫身上就跟在一切人身上一样，有两个人。一个是精神的人，他为自己所寻求的仅仅是对别人也是幸福的那种幸福；另一个是兽性的人，他所寻求的仅仅是他自己的幸福，为此不惜牺牲世界上一切人的幸福。在目前这个时期，彼得堡生活和军队生活已经在他的身上引起利己主义的疯狂状态，兽性的人在他身上占着上风，完全压倒了精神的人。可是他见到卡秋莎以后，重又产生了他以前对她生出的那种感情，精神的人就抬起头来，开始主张自己的权利。于是在复活节前那一连两天当中，在聂赫留朵夫身上一刻也不停地进行着一场他自己也不觉得的内心斗争。

《复活》

起初，她独居幽闺，心灵的宁静没有遭到破碎，因此上帝一视同仁赋予每个人的爱在她身上仍然纯洁无瑕；她早就体验到这种感情，怀着淡淡的哀愁向往着幸福，她偶尔打开神秘的心扉，欣赏着里面丰富的宝藏，并愿意把它奉献给什么人。但愿她能一辈子享受上帝赐予她的这种有限的幸福。谁知道这是不是人生最大的幸福？是不是唯一可能获得的真正的幸福？

《两个骠骑兵》《一个地主的早晨》

一个俄罗斯兵的斗志，不像南方人的勇气那样建立在容易燃烧也容易冷却的热情上，你不容易使它激发，也不容易使它沮丧。他不需要鼓动、演说、呐喊助威、歌唱和军鼓；相反，他需要安静、秩序，不需要丝毫紧张。在一个俄罗斯兵身上，在一个真正的俄罗斯兵身上，你永远不会看到吹牛、蛮干，在危险面前发愁或者紧张；相反，谦逊、单纯，在生死关头看到的不是危险，而是别的什么——这才是他性格上的特点。

《伐木·一个土官生的故事》《一个地主的早晨》

美是艺术的本质。

《美的格言》

　　我已经把要说的话全说出来了，可是我依旧在苦苦思索。也许我不该说这些话吧。也许我所说的是那种残酷的真理，它们不知不觉地潜藏在每个人的心里，但不该说出口来，免得引起坏的作用，正像不该搅动酒里的沉淀，免得把酒弄浑一样。在这个故事里，哪些是应该避免的恶，哪些是值得模仿的善？谁是故事里的坏蛋，谁是故事里的英雄？个个都是好的，个个又都是坏的。

　　具有出众的勇气（上流社会的高尚勇气）而一切行为又受虚荣心支配的卡卢金也罢，虽无聊但也无害的普拉斯库兴（尽管他也为了信仰、君主和祖国而牺牲在战场上）也罢，天生胆怯而又目光短浅的米哈依洛夫也罢，没有坚定信心和原则、孩子气十足的彼斯特也罢，在故事里他们没有一个是坏蛋，也没有一个称得上英雄。

　　这个故事里英雄是我全心全意热爱的。我要把他的美尽量完善地表达出来，因为不论过去、现在和将来他永远都是美的。这英雄不是别的，就是真实。

　　　　《五月的塞瓦斯托波尔》《一个地主的早晨》

上帝赐给我做一个人所希望的一切：财富、名声、智慧、高尚的志向。我却贪图享受，糟蹋身上一切美好的东西。

我并没有败坏名誉，没有遭遇不幸，也没有干下什么罪行，但我做了比这些更坏的事：我戕害了我的感情，糟蹋了我的智慧和青春。

我被一张肮脏的网罩住，脱不了身，又无法习惯于这样的处境。我不断地堕落，堕落。我感到自己的堕落，却无法自拔。

要是我败坏了名誉，遭遇到不幸，犯下了罪行，那我倒会好受一些：这样我在绝望中还可拿超凡脱俗聊以自慰。要是我败坏了名誉，我可以超脱于我们社会的荣誉观而蔑视它。要是我遭遇到不幸，我可以发发牢骚。要是我犯了罪，我可以用忏悔或者惩罚自己来赎罪。可我只是卑鄙无耻罢了。我知道这一点，却不能自拔。

是什么把我给毁了？我身上是不是有着一种强烈的欲望，使我能原谅自己呢？没有。

七点、爱司、香槟酒、中间网兜里的黄弹子、擦弹子杆的白粉、灰色钞票、彩红色钞票、纸烟、出卖灵魂的女人——在我的回忆中只有这些东西！

我终生不会忘记那迷醉无耻的可怕的一刻，它使我猛醒过来。

当我看到在我同我原来的志向之间存在着多大的鸿沟时，我大吃一惊。我的头脑里又出现了青年时期的憧憬和理想。

原来那么鲜明、那么强烈地充满我灵魂的关于生命、永恒的上帝的光辉思想在哪里呀？那种温暖着我的心灵、使我快乐的爱的力量在哪里呀？我对前途的憧憬，对一切美好事物的共鸣，对亲戚朋友、对劳动、对荣誉的爱在哪里呀？我的责任心又在哪里呀？

人家侮辱我，我提出决斗，满以为这是完全符合高尚的要求的。我需要金钱来满足自己的放荡和虚荣，我就毁了上帝托付给我的上千个家庭，还恬不知耻。可我原来是十分懂得这种神圣的责任的。一个无耻之徒说我没有良心，说我想偷窃，我却仍旧跟他做朋友，就因为他是个无耻之徒，并且说他不想侮辱我……我就毫不惋惜地把我灵魂的花朵——童贞交给一个出卖灵魂的女人。在我的心灵中，再没有比摧残爱情更使我惋惜的了。要知道，我原来是多么善于爱呀！老天爷！在我没有跟女人发生关系之前，恐怕没有一个人能爱得像我那样热烈！

要是在开始生活的时候，我能踏上那条由我清醒的理智和天真纯洁的感情所开辟的道路，我会变得多么高尚幸福哇！我几次三番想脱离我这肮脏的生活，走上光明大道。我对自己说，拿出我全部的意志来吧！可是办不到。当我只剩下单独一个人的时候，我掌握不住自己，忘记了自己的信念，再也听不见内心的声音，我又堕落了。

我终于得出一个可怕的结论：我不能自拔了。我不再存这样的念头，而只希望忘记一切，可是无法摆脱的悔恨越来越使我坐立不安。这样我就产生了一个对别人来说可怕、对自己来说可喜的念头：自杀。

但在这方面我也是卑鄙无耻的。直到昨天跟骠骑兵闹了那件丑事之后，我才下定决心来实行这个意图。我身上高尚的东西已荡然无存了，有的只是虚荣，而出于虚荣，我干了一生中唯一的一件好事。

我原以为临死前我的灵魂会高尚一些。我错了。再过一刻钟我就不在人间了，可是我的眼光丝毫没有改变。我还是那样看，还是那样听，还是那样想；头脑里的逻辑还是混乱得出奇，各种思想还是迟疑不决和轻率马虎，这跟人们所能想象的（天知道是什么缘故）思想单一和头脑清楚是多么矛盾哪。棺材外面将是怎样的情景，明天在尔基晓娃姑妈家里将怎样议论我的死讯，这些念头同样强烈地萦回在我的头脑里。

人真是一种不可思议的东西！

《弹子房记分员笔记》《一个地主的早晨》

"跟平时完全相同"——这话说说是容易的。然而，在别人身上我看到过形形色色的表现：有人想装得比平时镇定，有人想装得比平时凶狠，有人想装得比平时快乐，但从大尉的脸上可以看出，他根本不明白人为什么要装模作样。

《袭击》《一个地主的早晨》

一般说来，音乐本来就是可怕的东西！音乐是什么？我不懂。音乐是什么呢？它起些什么作用？它又为什么会起这些作用？人们说，音乐能使人的灵魂高尚。胡说，这话完全不对！它是有种作用，一种可怕的作用——这是就我自己来说——但并不是什么提高灵魂之类的作用。它有一种既不是提高灵魂，也不是降低灵魂的作用，它只会产生冲动。该怎么说呢？音乐使我忘掉自己，忘掉自己的真实处境；它使我处于某种别的而不是我自己的地位。在音乐的作用之下，我似乎感到了并非我真正感到的东西，懂得了我并不懂得的东西，能做我做不了的事。

《克莱采奏鸣曲》

娜塔莎那张失望的、焦急的脸映入了安德来公爵的眼帘里。他认出了她，猜中了她的心情，明白了她是初次露面，想起她在窗子上所说的话，于是他带着愉快的脸色朝罗斯托娃伯爵夫人面前走去。

"让我向您介绍我的女儿，"伯爵夫人红着脸说。

"我已经荣幸地认识了，假使伯爵小姐记得我，"安德来公爵恭敬地低低地鞠着躬说，和撒隆斯卡雅说他粗鲁恰恰完全相反，他走到娜塔莎面前，还未说完邀请跳舞的话，就伸出手去搂抱她的腰。他提议跳华姿舞。娜塔莎对于失望和狂喜都有所准备的焦急的面色，忽然明朗起来，露出了快乐、感激、小孩般的笑容。

"我等你好久了，"这个惊惶的、快乐的女孩子，当她把手放到安德来公爵的肩上时，似乎是用她那含泪的眼睛里所流露出来的笑容这么说。他们是走进圈子里面去的第二对。

安德来公爵是当时舞会中跳得最好的人之一。娜塔莎也跳得好极了。她那穿缎子舞鞋的小脚，迅速、轻巧、灵活地跳动着，她的脸上显出了幸福的喜色。

她的光脖子和手臂又瘦又不好看。和爱仑的肩膀比起来，她的肩膀是瘦的，胸脯是不明显的，手臂是细的；但在爱仑身上，由于上千人的目光在她身上滑过，仿佛涂上了一层油彩，而娜塔莎好像是一个第一次袒肩露臂的姑娘，假使不是他们使她相信，这是绝对必要的，她便要觉得这是很可羞的了。

安德来公爵喜欢跳舞，他希望尽快避免别人同他进行政治性的、理智的谈话，希望尽快突破那种因为皇帝的驾临而形成的令他厌烦的拘束，所以他去跳舞，并且选择了娜塔莎，因为彼埃尔向他指出了她，因为她是他眼中所看到的第一个美女；但他刚刚揽住那个纤细灵活的腰身，她便和他那么靠近地扭起身子，对他那么亲密地微笑了一下，她的魅力之酒使他陶醉了。当他换了一口气，放下她，停下步子，开始望别的跳舞的人时，他觉得自己活泼年轻了。

《战争与和平》

从主观的意义来看，我们把给予我们某种快乐的东西称为"美"。从客观的意义来看，我们把存在于外界的某种绝对完满的东西称为"美"。但是我们之所以认识外界存在的绝对完满的东西，并认为它是完满的，只是因为我们从这种绝对完满的东西的显现中得到了某种快乐，因此，客观的定义只不过是按另一种方式表达的主观的定义。实际上，这两种对"美"的理解都归结于我们所获得的某种快乐，换言之，凡是使我们感到惬意而并不引起我们的欲望的东西，我们称之为"美"。照这种情况看来，艺术科学自然不会满足于以"美"为根据的——即以使人感到惬意的东西为根据的——艺术的定义，而要探索一个普遍的、适用于一切艺术作品的定义，以便根据这个定义来决定各种事物是否属于艺术范围。但是，读者可以从前面我所录写的各种美学理论的摘要中看到，并没有这样的定义，如果他肯费心读读这些美学理论的原作，他就会更加清楚地认识到这一点。想为绝对的"美"下定义的一切尝试——认为"美"是自然的模仿，是合宜，是各部分的适应，是对称，是调和，是变化中的统一等等——所得到的不外乎以下两种结果：或者什么定义也没有下，或者所下的定义只不过是指某些艺术作品的某些特点，而远没有包括所有的人在过去和现在认为是艺术的一切。

"美"的客观的定义是没有的；现存的种种定义（不论是形而上学的定义或是实验的定义）都可以归结为主观的定义，而且，说起来也真奇怪，都可以归结为这样的观点：凡是表现"美"的，就是艺术，而凡是使人感到惬意而不引起欲望的，就是"美"。许多美学家感觉到这样的定义是不完备和不稳固的，为了要使这个定义有稳固的基础，他们对自己提出了这样的问题：为什么一件东西会使人感到惬意？而且他们把"美"的问题转变为趣味的问题，赫奇逊、伏尔泰、狄德罗等人就是这样做的。但是，读者从美学史中或者从实验中可以看出，一切想为趣味下定义的企图不可能有任何结果，而且我们找不到理由，也不可能找到理由来解释：为什么这个人喜欢这件东西而另一个人不喜欢这件东西，为什么这个人不喜欢这件东西而另一个人喜欢这件东西？因此，一切现存的美学并没有做到我们对这种自命为"科学"的智力活动所期待的，即确定艺术或"美"（如果"美"是艺术的内容的话）的性质和法则，或者确定趣味（如果趣味能解决艺术问题和艺术的价值问题的话）的性质，然后根据这些法则而把合乎这些法则的作品称为艺术，把不合乎这些法则的作品摒弃不理，——而一切现存的美学所做的是：首先承认某一类作品是好的（因为它们使我们感到惬意），然后编出这样一套艺术理论：它能够适用于某一圈子里的人所喜欢的一切作品。

《艺术是什么》

真理·幸福

用语言表达出来的真理，是人们生活中的巨大力量。

《外国名言一千句》

伟大而且真实的事情，常常是纯朴而又虔诚的。

《怎么办》

在议论的最高潮当中，人们忘记了真理。真正聪明的人，会中止议论。

《人生之道》

最伟大的真理是最平凡的真理。

《外国名言一千句》

欲望越小，人生就越幸福——这是无法让每个人都认同的古老真理。

《人生之道》

认识真理的主要障碍不是谬误，而是似是而非的真理。

《外国名言一千句》

在人们不相信财富会带来幸福之时，人们终究会理解这个简单的真理——为追求财富、维持财富所下的功夫，不仅危害到别人的生活，亦无助于自己的生活。

《人生之道》

如果人们在真实面前感到恐惧，面对真理却否定真理，并认为真理是虚伪的，那么人们绝对无法认清自己该做什么事。

《怎么办》

当我们说我们的生活不是幸福的时候，在这些话的背后一定是在暗示说，我们知道还有某种比生活更大的幸福。而实际上我们并不知道，也不可能知道任何比生活更大的幸福。因此，如果我们感到生活不是幸福，那么过错绝不在生活，而在我们自己。

《生活之路》

自己来争取自己的幸福吧！

幸福不在于理想，而在于旨在造福他人的、为生活所必需的经常性的劳动。

《日记》

感谢上帝，他使人们需要的不难获得，而使那难以获得的不为人们所需要。人最需要的是幸福，而成为幸福的人是最容易不过的事。

《生活之路》

生活中唯一可靠的幸福就是为别人而生活。

《家庭的幸福》

除了以后的死亡，别无所有，除了现在完成应做的事，别无所有！这看起来是何等的乏味和可怕啊！然而只要把这个过程即在现世以爱心越来越紧密地与他人和上帝结合看作你的生活，那么你原来感到可怕的东西，就会变成美好的、永不破灭的幸福。

《生活之路》

我们不知道，也无法知道，我们为了什么而生活。因此，假如我们没有对幸福的期望，也就不必知道我们应该做什么和不应该做什么。只要我们明白自己的生活不在于动物性，而在于肉体中的灵魂，则这种期望就会确切地告诉我们应该怎样做。这就是我们的灵魂所期望的，并在爱中赋予我们的幸福。

《生活之路》

为了实实在在做一个幸福的人，要做的只有一件事：爱，爱所有人无论善良的还是邪恶的。爱无止境，则幸福也无止境。

《生活之路》

人的处境会有恶与善的混合，但人的追求却不会发生这样的混消：或者追求恶遵循自己动物生命的意志，或者追求善遵循上帝的意志。一个人只要热衷于前一种追求，他就无法不成为不幸的人；而热衷于后一种追求，则对于这样的人来说就没有不幸，一切都是幸福。

《生活之路》

我们的动物的我的所谓幸福与不幸，是非我们的意志所能左右的，但我们的灵魂的我的幸福却只取决于我们自己，取决于我们是否顺从上帝的意志。

《生活之路》

一个哲人说过：我为了寻求幸福，走遍了整个大地。我夜以继日不知疲倦地寻找这幸福。有一次，当我已完全丧失了找到它的希望时，我内心的一个声音对我说：这种幸福就在你自身。我听从了这个声音，于是找到了真正的、始终不渝的幸福。

《生活之路》

肉体把灵魂生命分裂为个体，而人的生活就在于使灵魂与它意识到和自己相统一的事物不断重新结合起来。人对此理解还是不理解，愿意还是不愿意，这种重新结合都会借助于我们称之为人类生活的形态而实现。在不理解也不想完成自己的和使命理解并希望适应这使命而生活的人们之间，其不同就在于，那不理解这使命的人们的生活就是连绵不断的痛苦，而那理解并完成着自己使命的人们的生活则是连绵不断的、持续增长的幸福。

《生活之路》

在我看来，人应当把做一个幸福而知足的人确立为自己的第一原则。应当为自己的恶行和不满情绪感到羞愧，应当懂得，如果在我身上或心中有什么不对劲，我不必把这些告诉别人，不必抱怨，而应尽快地努力纠正那出了问题的部分。

《生活之路》

真正的幸福永远在我们的掌握之中。它一直如影随形地跟随着善的生活。

《生活之路》

我们常常忽视现世的幸福，而是算计着在什么地方，什么时候能得到一种更大的幸福。但任何地方，任何时候都不会有一种更大的幸福，因为我们在生活中被赋予的就是一种伟大的幸福，这就是生活，更高的幸福是不存在的，也不可能存在。

《生活之路》

如果所有人融为一体，则那我们视为区别于他人生活的个人特有的东西将不复存在，因为我们的生活就在于将分离者越来越紧密地结合起来。真正的生活，和人类生活唯一的真正幸福就在于此，即使分离者越来越紧密地结合起来。

《生活之路》

上帝想要我们成为幸福的，为此在我们身上设置了对幸福的渴求；但他想的是要让我们所有人，而不只是某些人，成为幸福的，为此他又在我们身上设置了对爱的渴求。因此，只有当所有人都彼此相爱时，他们才会成为幸福的。

《生活之路》

爱情·性爱

真正的爱，是生命的全部。

《人生论》

人们说不可以不惧怕神——这是错误的。我们应该去爱神，不可以恐惧神，一旦有恐惧之心，便无法去爱，而且神就是爱，所以不能惧怕神。为什么会惧怕爱？不要惧怕神，我们必得靠自己来认识神。如果能真正的认识神，这个世界大概就没有令人惧怕之物了。

《人生之道》

爱人，是不能强迫的。只有你不去爱，才能阻挠爱。能妨碍爱的东西，就是对"动物性的自己"的爱。

《一日一言》

一个印度哲人说："就像母亲疼爱自己的独子，照料他、保护他、教育他一样，你们每一个人，都要在自己身上种植、培养和爱护那世上最宝贵的东西：对他人和对一切有生命者的爱。"

《生活之路》

我觉得人的美貌就在于一笑：如果这一笑增加了脸上的魅力，这脸就是美的；如果这一笑不使它发生变化，它就是平平常常的。如果这一笑损害了它，它就是丑的。

《世界情爱箴言录》

只有爱，只有牺牲，才是唯一真实的、不为客观情况所左右的幸福。

《一个地主的早晨》

抓住幸福的时机，去爱和被爱吧！这是世间唯一的真实，一切别的都是胡闹的。这是我们这里唯一关心的事。

《战争与和平》

　　有些人一遇到一个在某方面幸运的情敌，就立刻抹杀他的一切优点，只看到他身上的缺点；还有些人正好相反，他们最希望在这幸运的情敌身上发现胜过自己的地方，并且忍住揪心的剧痛，一味寻找对方的长处。

《安娜·卡列尼娜》

　　但你要明白，现在有两个女人：一个始终坚持她的权利，也就是坚持要你的爱情，这你却不能给她；另一个女人为你牺牲了一切，对你却毫无所求。你该怎么办呢？怎么办才好呢？这是一大悲剧。

　　如果你想知道我对这种事情的看法，那我可以告诉你，我不相信这里有什么悲剧。理由是这样的：我认为恋爱……就是柏拉图在《酒宴》中所说的两种恋爱，这两种不同的恋爱就是对人们的试金石。有些人只懂得这种恋爱，有些人只懂得另一种。对那些只懂得非柏拉图式恋爱的人，根本谈不上什么悲剧不悲剧。那种恋爱是不会有什么悲剧的。"多谢您使我得到了满足，再见！"——这就是全部悲剧。至于柏拉图式的恋爱是不会有什么悲剧的，因为这种恋爱始终是纯洁无瑕的……

《安娜·卡列尼娜》

托尔斯泰

安德列王爵握住她的手，仔细看她的眼睛，他心中先前对她的爱情不见了。他内心有一种东西突然改变了；再也没有先前那种诗意的、神秘的爱着的魅力，只有怜悯她那女性的幼稚的轻弱的心情，对她的专一和忠实的恐惧心，以及一种这时把他和她永远绑在一起的又难堪又欢喜的责任感。现在的感情，虽然不像先前的那么光明和富于诗意，却更强烈和更严肃了。

《战争与和平》

过去任何人对我说，我会有这样的爱情，我是不会相信的……这完全不是过去我所熟识的那同一感情。全世界在我眼中这时分为两半：一半是她，那里一切都是欢喜，希望，光明；另一半是没有她的一切，那里一切是苦闷和黑暗……

《战争与和平》

我们生存的唯一的动机只包括两种最优美的德行——天真的快乐和对于爱的无边的需求。

《托尔斯泰传》

由痛苦或需要，如同饥饿、疲劳、口渴等所引起的每个欲望，都被某种给予快感的肉体上的机能所满足。因此，一切欲望都沉没在一个欲望里面：就是解脱一切痛苦和痛苦的根源——肉体。

《安娜·卡列尼娜》

男人和女人相依为命的是：（一）他们的气质，（二）他们的方法。

《托尔斯泰传》

无知正是恋爱的主要特点和它的整个迷人处。

《托尔斯泰传》

要懂得恋爱，人们就不能不犯错误，然后再改正它。

《安娜·卡列尼娜》

如果爱一个人，那就爱整个的他，实事求是地照他本来面目去爱他，而不是脱离实际希望他这样那样的……

《安娜·卡列尼娜》

假如一个人带了玩偶走来坐在一个恋爱的人面前，而且开始爱抚着他的玩偶，一如那恋爱者爱抚着他所爱的女人一样的时候，那个恋爱者一定会很不愉快的。

《安娜·卡列尼娜》

所谓建立在理性上的婚姻是指那些双方都已不再放荡的婚姻。那像猩红热一样——每个人都得害过一次才不会再患。

《安娜·卡列尼娜》

只有建立在理性上的婚姻才是幸福的婚姻。

《安娜·卡列尼娜》

嫉妒是一种可耻的感情，人是应当信赖的。

《安娜·卡列尼娜》

幸福的家庭都是相似的；不幸的家庭各有各的不幸。

《安娜·卡列尼娜》

一个家庭要采取任何行动之前，夫妻之间要么是完全破裂，要么是情投意合才行。当夫妇之间的关系不确定，既不这样，又不那样的时候，他们就不可能采取任何行动了。

《安娜·卡列尼娜》

单纯是道德美的第一个条件。美德是可能的，而弱点却是不可避免的。

《托尔斯泰传》

天气寒冷，天色明亮。在污秽的、昏暗的街道上，在黑色的屋顶上，是幽暗的星空。彼埃尔只是瞧了瞧天空，不再感觉到：和他的心灵所达到的高度比较起来，一切尘世事物是多么屈辱而卑鄙。到达阿尔巴特广场时，广阔的、有星的、幽暗的天空展现在彼埃尔的眼前。几乎就在卜来其斯清斯卡林荫大道上的天空当中，闪烁着一颗灿烂的 1812 年的彗星，它的四周围绕着、散布着无数的星辰，它和别的星星不同，因为它接近地面，放射出白光，而且有一条长长的向上翘的尾巴，据说，这颗彗星预兆着一切恐怖的事件和世界末日的到来。但是这一颗带着发光的长尾巴的明亮的星，并没有在彼埃尔的心中引起任何恐怖的情绪。相反，彼埃尔泪湿的眼睛高兴地望着这颗明亮的星。这彗星，似乎以无可比拟的速度，顺着抛物线的轨道飞过无限的空间，忽然，好像一支射入地球的箭，插在黑暗天空中它所选定的地方，并且有力地翘起尾巴停住了，发着光，在其他无数的闪耀着光芒的星星之间放射出白光。彼埃尔觉得，这颗彗星是完全符合他那进入新生活的、受感动的、振奋的心灵变化的。

《战争与和平》

世界上有价值的东西只有爱。

《世界情爱箴言集》

人们常常想，如果他们爱他人，他们就会因此在上帝面前得到报偿。事情恰恰相反。如果你爱他人，那不是你在上帝那里得到了报偿，而是上帝赋予了你所不曾得到的东西，赋予了你生活中最大的幸福爱。

《生活之路》

只要一感觉到肉体上的痛苦，就可以知道哪里出了差错——可能是做了不该做的事，或是该做的事没有做。在精神生活中也是一样的。若是感到忧郁或烦躁，一定会思索哪里出了问题——也许是爱了不该爱的，也许是没有去爱必须爱的缘故。

《人生之道》

你应当爱得强烈些，那么你的爱就变成信仰了。凡是没有信仰的人，就不能够爱。

《世界情爱箴言集》

如果你了解爱是人生的主要事业，那么你在与人相处之时，就不会想到他对你有什么好处，而是想到你有什么地方或是如何做，才会对他有所帮助。能够一心一意地如此努力才是好的，这样比起你始终只担心自己的事，还能获得更大的成功。

《人生之道》

肉体的幸福，也就是所有的快乐，都是从他人之处夺取才能获得。相反地，灵魂的幸福，也就是充满爱的幸福，是我们在增加他人的幸福之时，才能获得的。

《人生之道》

为某种目的而为的善行，已经不是善行。完全没有目的，才能成为真正的爱。

《人生之道》

爱情不是语言所能表达的，只有用生活，用生活的全部来表达它。

《世界情爱箴言集》

未能理解人生的人们口里所说的爱，只不过是他们用来与其他条件比较大小轻重，及自己个人幸福的条件之一罢了。不了解人生意义为何的人们，说他是如何地爱他的妻子、儿女和友人之时，其中意味着，在他生活中的妻子、儿女、友人的存在，只不过是为扩大他自己个人生活的幸福而存在。

《人生论》

爱是神奇的，她使得数字法则失去了平衡：两个人分担一个痛苦只有半个痛苦，而两个人共享一个幸福，却有两个幸福。

《世界情爱箴言集》

没有比领会到被爱的感觉还要令人高兴的事。或许你会感到奇怪——人是不可以为了让别人来爱你，而特意去讨好别人。

《人生之道》

不只是在口头上说说而已，为了要真正地去爱别人，必须要真正地放弃对自己的爱。我们常常让别人和自己坚信我们是真的想要去爱别人，而事实上我们仅在嘴里说着，确确实实却只爱自己。我们很容易忘却别人的三餐或睡眠，对自己是绝对不可能如此的。因此，想要确确实实去爱别人，以及放弃对自己的爱，必得在忘记别人的三餐或睡眠之时，也同样地忽视自己的三餐及睡眠。

《最初的阶段》

真正的爱，只有在舍弃动物性的个人幸福之时，才有可能存在。

《人生论》

爱有三种：（1）高尚的爱。（2）献身的爱。（3）积极的爱。

《世界情爱箴言集》

放弃了个人福利的爱，才是真正的爱。

《世界情爱箴言集》

为了按照自己的规律生活，蜜蜂就要飞，蛇就要爬，鱼就要游，而人就要爱。因此，如果一个人不去爱他人，对他人待之以恶，则他的行为就像鸟在水里游、鱼在空中飞一样不可思议。

《生活之路》

罗马哲人塞内加说过，我们所看到的一切有生命的物体，乃是一个统一的肌体：我们所有人，就像手臂、腿、胃、骨头一样，是这个肌体的组成部分。我们都同样地降生，我们都同样地希望自己获得利益，我们都懂得，互相帮助胜于互相残杀，在我们所有人身上都置入了同一个互相的爱。我们就像一堆砌在同一个拱顶上的石头，如果我们不互相支撑，立刻就会同遭厄运。

《生活之路》

人类不能没有爱。但是，人们只愿意爱毫无瑕疵的东西，所以世上不能没有完美的东西。而毫无瑕疵的完美之物，世上仅有一个，那就是神。

《人生之道》

爱会使人幸福，因为爱是人与神之间的桥梁。

《人生之道》

同样地爱所有人很难做到，但不要因为难以做到，就说不必努力去做。所有好事都是难以做到的。

《生活之路》

你是否希望所有的人都为你而活？你是否希望所有的人都比爱自己本身还更爱你？能适应你这种愿望的状况只有一种，那就是——所有的人都是为了他人的幸福而生存，所有的人都比爱自己还更爱他人。只有在这种情形之下，你自己和他人才会得到所有人的爱，以及获得你所盼望的幸福。只有在所有的人都比爱自己还更爱他人时，才能实现你所盼望的幸福。如果是这样，那么作为一个生存分子而存在的你，就必须要比爱自己还要更爱他人才行。

《人生论》

人们说："还要去爱那些让我们厌恶的人这是为什么？"因为这就是快乐。你亲身去体验一下，就会知道，这是不是真的。

《生活之路》

"要像爱自己一样去爱你的邻居"，这并不是要你非得尽力去爱你的邻居不可，没有人能够强迫自己去爱。这句话是教人不要爱自己胜过爱别人。当你不再爱自己胜过别人时，你便能很自然地像爱你自己一样，去爱你的邻居。

《怎么办》

不能把不平等和爱联系在一起。爱，只有当她像阳光一样，平等地照射到一切置于其照射范围之内的物体时，爱才是爱。而当她只能照到一部分，却排除了另一部分寸，那只能表明，这已不是爱，而只是某种类似于爱的东西。

《生活之路》

爱是把其他的存在，比自己，也就是动物性的个人，放在优先的地位。

《人生论》

生命的意义，对于我们中每一个人，只是助长人生的爱。

《世界情爱箴言录》

未能理解人生的人们口里所说的爱，只不过是他们用来与其他条件比较大小轻重，及自己个人幸福的条件之一罢了。不了解爱。也就是说，只有领会"爱自己生命的人也许会灭亡，反之轻视自己生命的人却能获得永生"的人，才能认识真正的爱。

《人生论》

像傻瓜一样地恋爱，正像不按拍子、不按照轻重音来奏一个奏鸣曲，永远把踏板踏住，虽然充满了感情——却不能给人家，甚至不能给自己以快感。

《托尔斯泰传》

假使有千万个人，就有千万条心，自然有千万副心肠，就有千万种恋爱。

《世界情爱箴言录》

积存金钱的人不会去爱人。

《人生论》

在那些认为生活即在于人的动物性的人们心目中，爱常常就是这样一种感情：一个母亲出于爱，为了自己的婴儿的幸福，用雇佣奶母的方式，从另一个婴儿那里抢来他母亲的乳汁；或者爱就是这样一种感情：一个父亲出于爱，从饥肠辘辘的人们手里抢来最后一块面包，为的是给自己的孩子吃；或者爱就是这样一种感情：一个人爱上了一个女子，并且因这种爱而痛苦，于是他也迫使她去痛苦，引诱她，或者出于忌妒而害死自己和她；或者爱就是这样一种感情：出于这种爱，一些彼此情投意合的人，合起伙来去加害于他人或与他们这一伙人有仇怨的人；或者爱就是这样一种感情：出于这种感情，一个人为一件"十分喜爱的"事业而经受着痛苦，并且用这种事业带给周围的人同样的悲伤与痛苦；或者爱就是这样一种感情：

出于这种感情，人们不能忍受自己所爱的祖国遭受凌辱，而将自己和他人的尸骸或伤残之躯铺满疆场。这些感情不是爱，因为那些体验到这种感情的人，不承认所有人都是平等的；而不承认人人平等，就不可能有真正的对他人的爱。

《生活之路》

爱，是人生中最重要的一件事。爱，在过去已经不可能，也不可能在虚幻的未来。爱，只有在现在这一瞬间，才是活生生的。

《人生之道》

真正的爱，在放弃个人福利之后才能产生。

《世界情爱箴言集》

一个人如果说他爱神，但却不爱他的邻人，那么他是在欺瞒世人。如果他说他爱邻人，但是却不爱神，那么他是在欺骗他自己。

《人生之道》

比其他的人还爱某些特定的人们——像这种被错称为爱的东西，

有如接木于真爱之上才会开花结果的野生树木。野生树木与苹果树不同，是不会结果实的；就算结了果实，也不会是甘甜的果实，而是苦的。同理，只爱特定的人们，不能称作是爱，这不是对其他的人们行善，而是极大的恶。所以，提及对科学、艺术或祖国的爱，以及对待自己的妻子、儿女、友人常常被称作爱的东西，是世界上最大的恶行。像这样的爱，只不过是对动物性生活的某个特定条件（胜于其他的条件）一时的偏爱罢了。

《人生论》

对妻子儿女的爱，并非人类的爱；动物也一样，不比人类更加强烈地爱它们的妻子儿女。

《我不能沉默》

仅仅那些能具有深厚爱情的人，才能再体会出更大的苦恼。

《世界情爱箴言集》

爱并非是理性的归结，也不是某个活动的结果。爱是充满欢喜的生命活动。

《人生论》

只有付出爱的人，才是真正生活着的人。

《人生论》

人并不是因为美而可爱，而是因为可爱而美丽。

《美的格言》

人们常说不能爱自己，但是不爱自己，哪来的生命？问题应该是——你是爱自己的某些东西，还是爱自己的灵魂，还是爱自己的肉体？

《一日一言》

爱出于至情，它是毫无条件的。

《世界情爱箴言集》

没有存在于未来的爱，爱是完全存在于现在的活动。在现在不表现出爱的人，是因他并未拥有爱的缘故。

《人生论》

获得生活中真正幸福的最好办法就是：不受任何陈规的约束，像蜘蛛似的从自己身上向四面八方散出善于攀缠的爱的蛛网，把一切碰到的东西……都一视同仁地网罗进去。

《托尔斯泰传》

在钟爱的人面前，显示心灵的优点，比显示外形的美更好，更有价值。

《世界情爱箴言集》

美丽是可以在一小时之内被发现、被爱上，而在同样的时间里又可以不爱上的……世界上是没有不通过劳动而能得到的东西的，爱何尝不然。

《托尔斯泰传》

真正的爱，在放弃个人福祉之后才能产生。

《人生论》

　　贞洁不是一种规律或概念，而是一种理想，或者毋宁说是这种理想的一个条件。但是理想之所以成为理想，只有当它的实现只是在观念和思想中才有可能，当它只能在无限中达到，因而达到它的可能性也是无限的，只有这时才成其为理想。

《托尔斯泰传》

　　世界上有价值的东西只是爱。

《外行尸走肉》

　　爱情的真谛在于精神，而不在于肉欲。

《世界情爱箴言集》

　　"用人间的爱去爱，我们可以由爱转为恨；但神圣的爱不能改变。无论是死还是什么东西都不能够破坏它。它是心灵的本质。在我的生活中，我仇恨那么多的人，在所有这些人当中，我再没有爱过也没有恨过什么人，像我对她那样。"于是他清楚地想起娜塔莎，不是像从前那样只想起他所喜欢的她那种魅力，而是第一次想到她的心灵。他了解她的情感，了解她的苦痛、羞怯和忏悔。他现在第一次明白了自己把她甩开的残酷无情，明白了他和她分别的残酷。

"但愿我还能再看见她一次。只要一次，望着那一对眼睛，说……"

……他的注意力忽然被吸引到另一个真实与烧热的世界中去，在这个世界里正在发生着什么特别的事情。在这个世界里，仍旧有建筑物在升起，而且没倒下来，仍旧有什么东西在展开，蜡烛仍旧发出红色光晕点燃着，有翅的狮身人面怪物仍旧躺在门边；但是除了这一切之外还有什么东西响了一声，吹了一阵清风，于是新的白色的站立着的狮身人面怪物在门前出现了。这个狮身人面怪物的头上有着正是他刚刚想到的那个娜塔莎的苍白的脸和明亮的眼睛。

"啊，这种连续的昏迷是多么痛苦啊！"安德来公爵想着，极力从自己的想象中赶走这个面孔。但这个面孔真实有力地摆在他面前，这个面孔靠近了。安德来公爵想要回到先前的纯粹幻想的世界中去，但是他不能够，昏迷把他带到它的领域里去了。轻柔的低语声继续有节奏地响着，不知什么东西在压、在伸展，而且那个奇怪的面孔来到了他面前。安德来公爵集中全部力量去恢复神志；他动了一下，忽然他的耳朵轰鸣，眼睛发黑，接着他好像一个窜入水里的人失去了知觉。

当他恢复知觉时，娜塔莎，就是那个活的娜塔莎，在世界上所有的人当中他所最爱的人，他要用他现在所体会的那种新的、纯洁的、神圣的爱去爱的娜塔莎，跪在他的面前。他明白了，这是活的、真实的娜塔莎，他没有吃惊，却暗暗地高兴。娜塔莎跪着不动，抑制着哭泣，恐惧地一动不动地望着他（她不能动）。她的脸是苍白的、不动的。只有脸的下部在打战。

安德来公爵轻松地叹了口气，微笑了一下，伸出了一只手。

"您吗？"他说，"多么幸运。"

娜塔莎迅速而又小心地移动着膝盖向他靠近，小心地抓住他的手，把她的脸对着他的手，开始吻他的手，她的嘴唇正好轻轻地触到他的手。

"饶恕我！"她抬头望着他，低声说。"饶恕我！"

"我爱您，"安德来公爵说。

"饶恕我……"

"饶恕什么？"安德来公爵问。

"饶恕我所做……的事，"娜塔莎几乎听不见地断断续续地低语着，开始一再吻他的手，她的嘴唇正好轻轻碰着他的手。

"我比以前更加爱你了，"安德来说，用手托起她的头，这样他可以看见她的眼睛。

《战争与和平》

所有人从最初就知道，在其动物性行为之外，生活中还有另一种更美好的行为。它不仅独立于满足动物性欲望的行为之外，而且相反，越克制动物性的乐趣，它的优越性越明显。

这种感情，这种解决了一生的矛盾、给人以最大好处的感情是众所周知的，它，就是爱情。

生活是服从于理性法则的动物性的活动。理性是这样的法则：为了自身的利益，人的动物性必须遵循之。爱是人唯一有理性的行为。

《论生活》

我活着，我至今还活着；但明天很可能我将不复存在，我将永远归于那所来之处。我还活着，我知道，如果我身处于与他人的互爱之中，我便感到美好，安宁，快乐，因此只要我活着，我便希望爱他人并被人所爱。于是有人突然来到我的面前说：跟我们一起去抢劫，去执行死刑，去杀人，去打仗吧，你将因此觉得更为美好，假如你感觉不到，国家会感觉得到的。"什么意思？这个国家是什么样的？你要说的是什么？"任何一个没有失去理智的、有理性的人都会这样回答，"别来打搅我，不要说这些卑鄙的蠢话了。"

《生活之路》

要尽力去爱你所不爱的人，你认为有罪的人，和凌辱你的人。如果你能够做到这一点，你就将体验到一种新的、喜悦的情感。犹如黑暗之后闪烁起明亮的光芒，当你从憎恨中解放出来的时候，爱就会在你心中放射出更加强烈、更加欢乐的光芒。

《生活之路》

避免和你能够轻易得到的妇女交往，当你感到强烈的欲望时，尽量用体力劳动来使你疲倦。

《托尔斯泰传》

在结婚之前，要好好地考虑十遍、二十遍甚至一百遍。用性来结合自己与另一个人的人生，是非常严重的一件事。

《人生之道》

爱情就是从众多的人当中，选出一个男人或一个女人，然后绝不再理会其他异性的行为。

《世界情爱箴言集》

战胜肉欲的唯一方法，是自觉灵魂的存在。人们只有在思考自己为何物之时，才能理解性欲的实体是低级的兽性本能。

《人生之道》

追求肉欲，是身体的需要，是由想象刺激起的一种肉体的要求。它随节制而加强，因此要摆脱它是非常困难的。最好的方法是工作和事业。虚荣是对别人害处最少，而对自己最有害的热情。

《托尔斯泰传》

放任肉欲必导致灵魂的干涸。

《人生之道》

保持童贞是违反人性的，这样的说法是错误的。保持童贞并非是不可能的事，而且还能够带来比幸福的婚姻更幸福几倍的人生。

《人生之道》

男女之间的真正的爱情总有达到顶点的时刻，在那样的时刻既没有自觉的理性成分，也没有肉欲的成分。

《世界情爱箴言集》

未曾堕落的人，厌恶并耻于思考论及有关性的种种。要珍惜这样的感觉与心情，这种感觉与心情能够深植于心，并不是毫无理由的。这样的感觉与心情，能帮助人们保持童贞，并免于犯淫乱之罪。

《人生之道》

男女之间的爱情总有一个时候达到顶点，到了那个时候这种爱情就没有什么自觉的、理性的成分，也没有什么肉欲的成分了。

《复活》

抵抗性欲，是一场极其困难的战斗。除了从性欲中解放出来的幼儿和老年人，不论境遇、年龄，谁都无法避免这种战斗。所以，成年人及未步入老化的人们，不论男女，不可不随时防御这个伺机

托尔斯泰

165

进攻的敌人。

《人生之道》

只要一个人陷入兽欲生活中还能挣扎，那么，人终归还是人。可是，当这同一种兽欲主义躲藏在一件诗歌的、审美感觉的外套底下，要求我们向它膜拜——于是我们全部为兽欲所吞噬，转而膜拜兽欲，就再也不能分辨兽恶了。

《托尔斯泰传》

飞蛾扑火，是因为蛾不知道火将燃烧它的翅膀。鱼会上钩，是因为鱼不知道美味的饵将会引导它步入灭亡，仍心甘情愿沉迷于肉欲之中。

《人生之道》

女人爱男人，往往连他们的缺点也爱。

《安娜·卡列尼娜》

女人好比螺旋桨，弄得你老是团团打转。

《安娜·卡列尼娜》

所有的女性问题，只出现在违背真实劳动规则的男性之间。

《怎么办》

女人比男人更看重物质。我们男人会因为爱而创造伟大的事业，而女人常常是非常现实的。

《安娜·卡列尼娜》

就我的想法来说，一个理想的女性，要学习她那个时代的最崇高世界观，并献身于上天赋予每个女性的天赋——生育儿女，并以自己习得的世界观，教育子女成为有服务人群能力的人。

《对〈女性论〉的反驳》

女人，就男人的工作来说，是一个大的绊脚石。因为当一个男人和女人恋爱时，做起任何事来都感到困难。所幸这里有一种使恋爱不致妨碍工作的方法，那就是和你所爱的女人结婚。

《安娜·卡列尼娜》

女人对男人的事业来说，是个很大的绊脚石。如果你既想要爱一个女人，又想成就什么事业，这实在是很困难的。有一个方法既可以除掉这层障碍，又可以让你去爱一个女人，那就是——结婚。

《安娜·卡列尼娜》

想尽办法节育，或费尽心思用她们的头发、肩头来迷惑男人的女人们，不是能够支配男人的女人。这是为男人堕落的女子，她们会堕落到去违背常理，而且遗失生存的所有理性意义，如同堕落的男子一般。

《怎么办》

有一些聪明女人，听人说话的时候，不是尽可能记住她们听到的东西，来丰富她们的头脑，机会到来的时候，就再说一遍，就是愿意用她们听到的东西配合她们自己的某种思想，立刻把她们自己在她们那精神的小工场里准备好的聪明意见贡献出来，这里说的不是那些聪明女人——而是赋有选择和吸收一个男人就表现的最好的东西的真正的女人们所给的快乐。

《战争与和平》

女人总是比男人更讲究物质。我们把恋爱看得很伟大，她们却总是很实际。

《安娜·卡列尼娜》

人一到十九岁这样苦闷的年纪，生活总是难过的，尤其是一个女子，人既绝顶聪明，而且又抱着一种可笑的严格主义，因此对待那些乐于消除处女烦闷的男人——那样的男人多得很——往往过分严酷。

《苦难的历程》

婚姻·家庭

　　结婚绝对不是一件必须的事。即使有人给你忠告，但是在你可以告诉自己想做的事都实现了之前，或者在你对你所选择的对象热情减退之前，也就是在你完全彻底地看清你的对象之前，绝不要有结婚的打算，否则你可能会尝到无法挽回的严重失败滋味。只要一结婚，你就会成为一个一无是处的老人，要不然就是你所拥有的高尚美质，会一个个消失无踪，全部消耗在一些无聊的事物上了。

《战争与和平》

　　像每个大家庭那样，在童山的房屋里，有几个完全不同的集团住在一起，他们各自保持着自己的特点，并且互相让步，合成了一个和谐的整体。这个屋里所发生的每一事件，对于所有的这些集团，是同样的重要，同样的可喜的或悲伤的；但是每一集团有它自己特殊的、和别的集团无关的理由去为某一事件高兴或悲伤。

《战争与和平》

在夫妇之间要有彻底的不和，或是同心一致的爱情，才能在家庭生活中掀起一点波澜。夫妇之间的关系若是暧昧不清，在任何的情况之下，都能发生一些事情。有许多家庭，丈夫和妻子都日复一日年复一年地过着令人厌烦的生活，那只不过是因为在他们夫妇之间，既没有彻底的不和，也没有同心一致的爱情。

《安娜·卡列尼娜》

但这些操劳和忧虑，对陶丽来说，却是唯一能够获得的幸福。要是没有这些事情，她就会独个儿思念那并不爱她的丈夫。不过，虽然常常担心孩子们生病，有的孩子真的病了，有的孩子爱发脾气，这些都使做母亲的十分苦恼，然而孩子们如今也都开始以微小的快乐来补偿她的苦难了。这种快乐是那么微小，就像沙里的金子一样。在她不愉快的时刻，她只看到苦难，只看到沙子；但在心情愉快的时刻，她却只看到快乐，只看到金子。

《安娜·卡列尼娜》

吉提的这种对于家庭琐事的操心，和列文最初的崇高幸福的理想完全相反，是他的失望之一；同时这种可爱的操心，他虽不明白它的意义，却也不能不喜欢它，这又是它的新的魅惑之一。

另一个失望和魅惑是由他们的口角引起的。列文绝没有想象到他和他妻子之间除了温存、尊敬和爱的关系以外还能够有别的关系，可是结婚后没有几天他们就突然吵了嘴，她竟至说他并不爱她，只爱他自己，说着就哭起来，扭着她的两手。

《安娜·卡列尼娜》

假如吃饭的目的是身体的营养，那么一次吃两顿饭的人，也许可以达到较大的乐趣，但是他不能达到目的，因为吃太多胃里是不能够消化的。

假如婚姻的目的是家庭，那么，想要有许多妻子和丈夫的人，也许可以获得很多的乐趣，但是这样就没有家庭了。

假使吃饭的目的是身体的营养，而结婚的目的是家庭，则整个的问题只能这样解决，就是，不要吃得超过肠胃所能消化的分量，不要让丈夫或妻子超过一个家庭所需要的数量，即是一夫一妻。娜塔莎需要一个丈夫，她得到了一个丈夫。这个丈夫给了她一个家庭。

她不但不需要另外一个更好的丈夫，而且，因为她的全部的精力都集中在为这个丈夫和这个家庭服务上，她不能设想，并且也没有兴趣去设想，假使有了另外一个丈夫，会发生什么样的情形。

《战争与和平》

公爵小姐从来没有这样地可怜过父亲，这样地怕失去他。她想起自己和他在一起的全部生活，并且在他的每句话里，每个行为里，发觉了他对她慈爱的表示。偶尔，在这种回忆中间，有魔鬼的引诱闯入她的想象，就是想到，在他死后，会有什么样的情形，她的自由的新生活将要怎样安排。但是她厌恶地驱散这些想法。

《战争与和平》

每个幸福的家庭都有着很相似的幸福气氛，但是，每一个不幸的家庭，都各自背负着不同的不幸故事。

《安娜·卡列尼娜》

一个家庭要采取任何行动之前，夫妻之间要么是完全破裂，要么是情投意合才行。当夫妻之间的关系不确定，既不这样，又不那样的时候，他们就不可能采取任何行动了。

许多家庭好多年一直维持着那副老样子，夫妻二人都感到厌倦，只是因为双方既没有完全反目也不十分融洽的缘故。

《安娜·卡列尼娜》

"我们不要说了，我亲爱的，我要统统向他说的；但我只请求您一件事：您把我当作您的朋友，并且假使您需要帮助、咨询，或者只是要向什么人倾吐自己的心事的时候，不是现在，而是当您心里明白的时候，您要想到我。"他握了她的手，吻了一下。"假若我能够……我就幸福了……"彼埃尔心乱了。

"不要和我这样说：我不配！"娜塔莎大声说，想要从房间里走出去，但是彼埃尔抓住了她的手。

他知道，他还有话要向她说。但是当他说出这话时，他对自己的话吃惊了。

"不要说了，不要说了，您的日子还长着呢，"他向她说。

"我的日子吗？不！我的一切都完了，"她羞耻地、自卑地说。

"一切都完了吗？"他重复说，"假使我不是我自己，而是世界上最美、最聪明、最好的人，假使我是自由的，我此刻就跪下来向您求婚求爱了。"

娜塔莎许多天来第一次流出了感激与伤感的眼泪，看了看彼埃尔，便从房间里走出去了。

彼埃尔跟在她后面几乎跑进了前厅，忍着喉咙里的伤感与幸福的泪，披上皮外套，手没有伸进袖筒，就坐上了雪橇。

"请问现在到哪里去？"车夫问。

"到哪里去？"彼埃尔问自己，"现在能到哪里去呢？还能到俱乐部去吗？还能去做客吗？"和他所体验到的那种伤感与爱的情感比较起来，和娜塔莎最后一次含着眼泪瞥他一眼时的那种动人的感激的目光比较起来，所有的人似乎都是那么可怜，那么可悯。

《战争与和平》

爱本身能够以德报怨，使一个人感到后悔和惭愧。

《托尔斯泰传》

只被人爱是一桩不幸。

《哥萨克》

唯一可能的、唯一真实的、永恒的、最高级的快乐，只能从三样东西中取得：工作、自我克制和爱。

《托尔斯泰传》

虽然男人在很少的情况下能够完全保持贞洁，每个人仍然应该懂得并记住，他永远可以比他原来更贞洁，或者能恢复他失去了的贞洁，并且根据他力量，他越是接近于完完全全的贞洁，他就能够得到更多的真正的幸福，得到更多尘世的幸福，他也将为人类的幸福做出更多的贡献。

《托尔斯泰传》

父亲的狂热的，没有睡眠的活动代替了先前的漠不关心，这使玛丽亚公爵小姐吃惊了。她不能够让他单独留在这里，她生平第一次竟敢不依从他。她拒绝离开，于是公爵的可怕怒火对她爆发了。他向她重复说了许多不公平的话。公爵极力谴责她，向她说，她使他苦恼，她使他和儿子争吵，她对他有卑鄙的怀疑，她的生活目的就是妨害他的生活，并且他把她从他的房里赶出去，向她说，假使她不走，这在他反正是一样的。他说，他不愿意知道有她这个人，但预先警告她，不许她在他的眼前出现。和玛丽亚公爵小姐所担心的相反，他并没有强迫命令地把她送走，只是不要她在他眼前出现，这是玛丽亚公爵小姐觉得高兴的。她知道，这证明了，他在心里面是高兴她留在家里不走的。

《战争与和平》

唱情歌，在她看来，是和她为了讨自己的欢心而装饰自己同样地奇怪。为了取悦别人而装饰自己，这也许是她所乐意的——她不知道——但是她完全没有工夫去做。她不注意到唱歌、服装，不考虑她所说的话，主要的原因是她简直没有时间注意这些事情……

娜塔莎所专心注意的事情，是她的家庭，就是她的丈夫（她应该那样守着他，要他完全属于她，属于家）和小孩们。（她应该怀孕、生育、喂养、教育他们。）

《战争与和平》

"嗯，姑娘，"保尔康斯基开始说了，靠近女儿，低头对着稿本，把一只手臂放在公爵小姐所坐的椅背上，所以公爵小姐觉得自己周身都沉浸在父亲的烟气和老年的腐蚀性气味中，这是她久已闻惯的。

"那么，姑娘，这些三角形是相等的；请看，ABC 角……"

公爵小姐惊恐地看了看父亲的靠她很近的明亮的眼睛；她的脸上红了一阵，显然她是不了解，而且是那么害怕，以致这恐怖使她不能了解父亲的下面全部的解释，虽然这些解释是很明白的。无论这是先生的过失还是学生的过失，但每天都要重复同样的事情：公爵小姐的眼睛模糊了，她看不见东西，听不清东西，只觉得严父的瘦脸靠近她，感觉到他的呼吸和气味，只想到怎样赶快走出这间书房，在她自己的房间里去自由地了解习题。老人发了脾气：把他自己所坐的椅子"吱"一声推开又拖拢，努力约制自己不发火，但几乎每次都发火、申斥、并且有时抛开稿本。

公爵小姐回答错了。

"啊，简直是笨蛋！"公爵大叫了一声，推开稿本，迅速地掉转了头，但立刻又站起身，来回走了一趟，月手摸了摸公爵小姐的头发，又坐下了。

他把椅子靠近了桌子，又继续解释。

当公爵小姐拿了有指定作业的稿本，把它合起来，准备走开时，他说："不行，公爵小姐，不行，算学是很重要的功课，我的小姐。我不想要你像我们的那些笨姑娘。习惯成自然。"他用手拍了拍她的腮。"它会赶走你头脑中的愚笨。"

《战争与和平》

已婚的人从对方获得的那种快乐，仅仅是婚姻的开头，决不是其全部意义。婚姻的全部含义蕴藏在家庭生活中。

《战争与和平》

女人——这是男子事业上的一大绊脚石。爱上一个女人，又要做一番事业，这很难。既要避免障碍又要随心所欲地爱一个女人，只有一个办法，就是结婚……这好比背上有包袱，却要腾出双手来工作，唯一的办法就是把包袱绑在背上。这就是结婚。我结了婚，就有这样的体会。我的双手一下子腾出来了。但要是不结婚而背着这样的包袱，你的一双手就腾不出来，你就什么事也干不了。

《安娜·卡列尼娜》

他很懂得列文的这种感情，懂得在他看来天下的姑娘可以分成两类：一类是除了她以外的天下所有的姑娘，这些姑娘个个具有人类的各种缺点，都平凡得很；另一个人就是她一个人，没有任何缺点，而且凌驾于全人类之上。

《安娜·卡列尼娜》

当三个月的小人物躺在她怀里吃奶，她感觉到他嘴唇的吮吸和鼻孔的呼吸时，无论谁也不能够像这个小人物对她所说的话那么令人安慰，那么显得有理智。这个小人物对她说："你在发火，你在妒嫉，你想报复他，你害怕，而我就是他，我就是他……"这是没有办法回答的。这是最真实不过的。

娜塔莎在这心绪不宁的两星期中，常常跑到小孩那里去寻找安慰，为他忙忙碌碌，以致把他喂得过分了，因此得了病。她担心他的病，同时她也正需要这样做。照顾小孩的时候，她对于丈夫的挂念就较容易忍受了。

当彼埃尔的车子在门口发出响声的时候，她正在喂奶，保姆知道该怎样使女主人高兴，她悄然无声地、然而迅速地、脸带喜色地走进门来。

"他来了吗？"娜塔莎迅速地低声问，她不敢动弹，以免惊醒睡着的小孩。

"他来了，太太，"保姆低声说。

血涌上了娜塔莎的脸，她的腿不由自主地挪动了，但是跳起来跑出去是不可能的。小孩又睁开眼看了她一下。"你在这里，"他好像在这么说，接着又懒洋洋地咂响着嘴唇。

娜塔莎轻轻拔出奶头，把他哄了一会儿，递给了保姆，然后快步向门口走去。但她在门口停下了脚步，似乎觉得良心正在责备她，这是由于高兴才把小孩丢下得太快了，于是她回头看了一下。保姆正举起胳膊，要把小孩从栏杆上边放到小床上去。

"太太，去吧，去吧，放心吧，去吧，"保姆微笑着用保姆和主妇之间那种很随便的口气低声说。

娜塔莎轻轻跑到前厅去了。

《战争与和平》

家中第一个出来迎接安娜的就是她的儿子。他不顾女家庭教师的呼喊，跳下台阶朝着她跑去，欢喜欲狂地叫起来："妈！妈！"跑上她跟前，他就搂住她的脖子。

"我讲了是妈妈吧！"他对女家庭教师叫道，"我知道的！"

她儿子，也像她丈夫一样，在安娜心中唤起了一种近似幻灭的感觉。她把他想象得比实际上的他好得多。她不能不使自己降落到现实上来欣赏他本来的面目。但是就是他本来的面目，他也是可爱的，他有金色的鬈发、碧蓝的眼睛和穿着紧贴着脚的长袜的优美的小腿。安娜在他的亲近和他的爱抚中体会到一种近乎肉体的快感，而且当她遇到他的单纯、信赖和亲爱的眼光，听见他天真的询问的时候，就又感到了精神上的慰藉。安娜把杜丽的小孩们送给他的礼物拿出来，告诉他莫斯科的达尼亚是怎样的一个小女孩，以及达尼亚多么会读书，而且还会教旁的小孩。

"哦，我没有她那么好吗?"谢辽沙问。

"在我眼里，你比世界上什么人都好哩。"

《安娜·卡列尼娜》

罗斯托夫和皆尼索夫送走了受伤的道洛号夫。

道洛号夫，沉默着，眼闭着，躺在雪橇上，人问他什么，他概不回答;但是进了莫斯科以后，他忽然清醒了，并且困难地抬起头来，拉住坐在旁边的罗斯托夫的手。道洛号夫脸上的完全改变的和突然流露的兴奋温柔的表情令罗斯托夫诧异了。

"怎样? 你觉得怎样?"罗斯托夫问。

"不好受! 但问题并不在这里。我的朋友，"道洛号夫用断续的声音说，"我们在哪里？我们在莫斯科，我知道。我没有关系，但我害死了她，害死了……这件事她受不了，她受不了……"

"谁呀？"罗斯托夫问。

"我的母亲。我的母亲，我的天使，我所崇拜的天使，母亲，"道洛号夫紧握着罗斯托夫的手，流泪了。

当他稍微镇静时，他向罗斯托夫说明，他和母亲住在一起，假使他母亲看见他要死，她是忍受不了的。他求罗斯托夫到她那里去，使她有所准备。

罗斯托夫先去执行了这个任务，令他大大惊异的，是他知道了道洛号夫，这个暴徒莽夫道洛号夫，在莫斯科是和老母及驼背的姐姐住在一起的，并且竟是最温情的儿子和兄弟。

《战争与和平》

安德来公爵又要去看他的妻子，坐在隔壁的房间里，等候着。一个妇人带着惊惶的脸色，从卧房里走出来，看见了安德来公爵，便慌乱起来。他用手蒙了脸，这样地坐了好几分钟。在门那边发出了可怜的、无能为力的、野兽的呻吟声。安德来公爵站起来，走到门前，打算开门。有谁抓住了门。

"不行，不行！"里边的惊惶的声音说。

他开始在外面的房里走来走去。叫声停止了，又过了几秒钟。忽然一个可怕的叫声在隔壁的房里发出来了——这不是她的叫声，她不能这么喊叫的。安德来公爵跑到门前；叫声停止了，传出了婴儿的啼声。

"为什么带了一个小孩子在里面？"安德来公爵在第一秒钟这么想，"小孩吗？他是什么样的？……为什么那里有小孩？是小孩出世了吗？"

当他忽然明白了这啼声的可喜的意义时，眼泪憋住了他的呼吸，他把双臂搭在窗台上，啜泣，流泪，好像小孩儿哭了一样。门开了。医生卷了衬衫的袖子，没有穿上衣，脸色发白，下颚打战，走出房间。安德来公爵要向他说话，但是医生慌乱地看他一眼，一句话也没有说，从他身边走过去了。一个妇人跑出来了，看见了安德来公爵，便在门口迟疑着。他走进了妻子的房。她死了，还照五分钟前他看见她的时候那样地躺着，虽然眼睛不动，腮部苍白，但是在那个上唇上着毫毛的、美丽的、小孩般的脸上，还有同样的表情。

"我爱你们所有的人，没有对任何人做过坏事，你们对我做了什么呢？"她的有魅力的、可怜的、死了的脸部说。在房角落里玛丽亚·保格大诺芙娜的发抖的白手里有什么微小的红色的东西呼噜了一声，啼叫了一声。

两小时后，安德来公爵轻步地走进父亲的房。老人已经知道了一切。他就站在门口，门一打开，老人便无言地用老迈的粗硬的手臂，像钳子一样，抱住儿子的颈子，并且哭得就像小孩一样。

《战争与和平》

玛丽亚公爵小姐进了父亲的房，走到他的床前。他高高地仰卧着，他的小小的，骨瘦的，布着疙疙瘩瘩紫色血管的手放在被上，左眼对直凝视着，右眼斜视着，眉毛和嘴唇动也不动。他全身是那么消瘦、短小、可怜。他的脸似乎是干瘪或者消融了，脸盘变小了。玛丽亚公爵小姐走上前吻他的手。他的左手那样地紧握着她的手，显然是他等待她已经很久了。他拉动着他的手，他的眉毛和嘴唇愤怒地颤动着。

他肯定地哼了一声，抓住她的手，开始把它放到胸前的不同的地方，似乎是在替她的手寻找适当的地方。

"总是想到你……想……"然后，他说得比先前更加清楚，更可了解，此刻他相信别人了解他的话了。

玛丽亚公爵小姐把自己的头贴在他的手上，极力掩饰自己的呜咽和眼泪。

他用手抹她的发。

"我叫了你一整夜……"他说。

"若是我知道……"她含着泪说，"我不敢进来。"

他紧握了她的手。

"你没有睡吗?"

"没有，我没有睡。"玛丽亚公爵小姐摇着头说。她不自觉地模仿着父亲，此刻，像她父亲说话一样，极力多用姿势来说，好像她也是费劲地转动着她的舌头。

"心爱的……"或者"亲爱的……"玛丽亚公爵小姐不能辨别；但是从他目光的表情上看来，一定是说了他从来没有说过的亲切慈爱的话。"为什么不来?"

"而我却希望，希望他死!"玛丽亚公爵小姐想。

他沉默了一会。

"谢谢你……女儿，亲爱的……一切，一切……原谅……谢谢……原谅……谢谢! ……"接着泪水从他眼里流出来了。"叫安德柔沙，"他忽然地说，说出这个要求时，他脸上显出孩子般羞怯而怀疑的表情。

他似乎自己知道，他的要求是没有意义的。至少，玛丽亚公爵小姐似乎觉得是这样的。

"我收到了他的信，"玛丽亚公爵小姐回答。

他惊讶而羞怯地望着她。

"他在哪里？"

"他在军中。爸爸，在斯密棱斯克。"

他闭了眼，沉默了很久；后来，似乎是解答自己的疑惑，证明他现在了解了并且想起了一切，他肯定地点了点头，并且睁开了眼睛。

"穿上你的白衣裳，我喜欢它。"他说。

《战争与和平》

"娜塔莎，娜塔莎！……"伯爵夫人叫喊着，"不是真的，不是真的，他说谎……娜塔莎！"她叫着，推开周围的人。"都走开吧，不是真的！被打死了！……哈哈哈！……不是真的！……哈哈哈！"

娜塔莎把一只膝盖抵在椅子上，向母亲弯下腰抱住她，用意想不到的力量把她抱起来，把她的脸转过来对着自己，并且紧偎着她的身子。

"妈妈！……亲爱的！……我在这里，我亲爱的妈妈，妈妈，"她向她低声说着，一秒钟也不停。

她没有放开母亲，亲切地和她争执着，要来枕头、水，解开并撕破了母亲的衣服。

"我亲爱的……亲爱的……妈妈……心爱的，"她不停地向她低语着，吻着她的头、手和脸，并且觉得自己的眼泪好像下雨似的、无法克制地流了下来，使她的鼻子和腮帮直痒痒。

伯爵夫人紧握着女儿的手，合上眼睛，安静了一会儿。忽然她异常迅速地坐起来，茫然地向四周环顾了一下，看见了娜塔莎，开始用力地紧抱住她的头。然后她把女儿因为痛苦而皱起的脸扭过来对着她自己，在她的脸上看了很久。

"娜塔莎，你爱我，"她用轻轻的、信任的低语说。"娜塔莎，你不会骗我的吧？你能把全部真情告诉我吗？"

娜塔莎用含泪的眼睛望着她的母亲，她的眼睛里和脸上只表现出爱和请求宽恕的神情。

"我亲爱的，妈妈，"她又说了一遍，鼓起自己全部爱的力量，以便尽量把那折磨她母亲的悲哀的多余部分担在她自己的身上。

母亲在对现实的软弱无力的斗争中，不相信她的爱儿在青春的盛年被打死了的时候她还能活着，于是她又避开现实，躲到癫狂的世界中去了。

娜塔莎记不清那一天那一夜和第二天第二夜是怎么过去的。她没有睡觉，也没有离开她的母亲。娜塔莎固执的、有耐心的爱，似乎每一秒钟都在各方面搂抱着伯爵夫人，这爱不像解释，不像慰藉，却像回生的呼唤。第三天夜里，伯爵夫人安静了一会儿，娜塔莎把头靠在椅背上，闭着眼。床响了一下，娜塔莎睁开眼睛。伯爵夫人坐在床上低声说话。

"我多么高兴呵，你来了。你疲倦了，要喝茶吗?"娜塔莎走到了她的面前，"你长好看了，长成大人了，"伯爵夫人握了女儿的手，继续说。

"妈妈，您说什么! ……"

"娜塔莎，他没有了，不在了!"于是伯爵夫人抱了女儿，第一次开始流泪了。

玛丽亚公爵小姐暂缓了行期。索尼亚和伯爵极力要代替娜塔莎，却不能够。他们看到，只有她可以使她的母亲免于疯狂般的绝望。娜塔莎，形影不离地在母亲身边守了三个星期，睡在她房里的躺椅上，给她喝水，给她吃饭，并且不停地向她说话，因为只有她的温柔的亲爱的声音可以安慰伯爵夫人。

母亲的精神创伤是不能治愈的。彼恰的死夺去了她的一半的生命。彼恰死讯传来时，她是一个有精神有气力的五十岁的妇女，一个月后出房时，她已成为一个半死的、对生活没有兴趣的老妇人了。

《战争与和平》

他也比以前更加怜悯他的儿子了，他现在责备自己太不关心他。但是对于新生的小女孩，他感到的不只是怜悯，而且还有一种十分特别的慈爱的感情。开始只是由于一种同情心，他对于这个柔弱的婴儿，这个不是他的孩子的婴儿发生了兴趣，这婴儿在她母亲生病的时候被丢弃不顾，要不是他关心她的话是一定死掉了的；他自己也没有觉出他现在变得怎样地爱她了。他每天到育儿室去好几次，而且在那里坐很久，使得那些最初害怕他的奶妈和保姆都在他面前十分习惯了。有时他会在那里一直坐半个钟头，默默地凝视着这睡着的婴孩的橙红的、长着柔毛的、有皱的脸，望着她的皱起的额头的动作，和那捏着拳头，揉擦着小眼和鼻梁的胖胖的小手。在这种时候，阿历克赛·亚历山德罗维奇特别有一种完全平静和内心和谐的感觉，看不出他的境遇有什么异常的地方，有什么需要改变的地方。

《安娜·卡列尼娜》

罗斯托夫完全忘记了皆尼索夫，他不愿叫人先去通报，扔掉皮袄，便踮起脚跟跑进黑暗的大厅。那些牌桌和用布套子套住的大烛台都原封未动；但已经有人看见了年轻的主人，他还没来得及跑进客厅，便有一个人好像暴风一样从旁边的门里直冲出来，抱住他，吻他。第二个人第三个人同样地从不同的门里跑出来；又抱他，又吻他，又是叫喊，流下高兴的泪水。他分不清谁是爸爸，谁是娜塔莎，谁是彼恰。大家都同时叫喊、说话、吻他。只有他的母亲不在内——他想起来了。

"我是不知道……尼考卢施卡……我亲爱的!"

"这就是他……我们的……我亲爱的，考利亚……他变样啦! 蜡烛没有了! 沏茶呀!"

"吻吻我吧!"

"心爱的……还有我呢。"

索尼亚、娜塔莎、彼恰、安娜·米哈洛芙娜、韦女拉和老伯爵都一一同他拥抱；男女仆人挤满了房间，叫喊着、惊叹着。

彼恰抱着他的腿，叫着："还有我呢！"

娜塔莎让他的头低下一点，吻遍了他的整个面孔，然后从他身边跳开，抓住他上衣的边，像只山羊那样在原地跳跃着，尖声地叫着。

大家那爱怜的眼睛里都闪耀着高兴的泪水，大家都想同他接吻。

索尼亚脸红得像块红布，也抓住他的胳膊，用她那幸福的目光注视着他的眼睛，期待着他的眼睛看她。索尼亚已经过了十六岁，她很美丽，特别是在这个幸福的，欣喜若狂的、活跃的时刻。她微笑着，目不转睛地、屏气凝神地望着他。他感激地瞧了瞧她；但他还在期待着、寻找着什么人。老伯爵夫人还没有出来。但是此刻听到门口的脚步声了。步子走得那么快，不可能是他母亲的脚步。

然而这却是母亲，她穿着他不在家的时候新做的、他没有看见过的衣服。大家放开他，于是他朝母亲走去。当他们走到一起时，她倒在他的怀里号啕大哭起来。她不能抬起头来，只把脸贴在他的上衣的冰冷的饰条上。皆尼索夫悄悄地走进房间，站在那里，一面望着他们，一面拭自己的眼睛。

老伯爵夫人坐在他旁边，一直抓着他的手，不时地吻着；其余的人挤在他们周围，注意着他的每个动作，每句话，每个眼神，用欣喜的、爱怜的眼睛盯着他。他的兄弟姊妹们争吵着，互相争夺靠他最近的地方，并且争着替他端茶，拿手巾，取烟斗。

罗斯托夫因为他们对他所表示的亲近觉得很幸福；可是会面的最初时刻是多么幸福，以致他觉得现在的幸福太少了，他还期待着更多、更多、更多的幸福。

第二天早晨，远道回来的人一直睡到将近十点钟。

在从前的书房里，罗斯托夫坐在扶手放着小垫子的沙发上，望着娜塔莎那对热情灵活的眼睛，他又回到了那种家庭的童年的世界，这世界，除了对他，对别人便没有任何意义，但它给了他一种最大的人生乐趣。

《战争与和平》

托尔斯泰

宗教·信仰

宗教，是在永生——亦即神与人类之间，所建立起来的遵从理性与现代知识的一种关系。

《宗教是什么及其本质是什么》

"爱神与你的邻居!"这样的人生法则，是既简单又明了的，每个人只要稍微懂事，就可以真心意识到这个道理。所以，要是没有虚假的教育，且所有的人都遵守这个法则，这个世界就可以成为天堂。

但是，常会有一些虚假的传教士，他们承认不是神的神，把不是神的法则当作是神的法则，并向人们传播。人们因而深信这些虚假的传教，而远离了人生真正的法则，疏远了对神的真实法则的责任。所以，人类的生活变得痛苦，也变得更悲惨。

《人生之道》

基督的教诲是有关真理的教诲。信基督并非是去信有关耶稣的事，而是去了解真理。基督的教诲没有办法去强迫人们，也不能拉拢人们去实行。理解基督教诲的人，应该会相信基督，也就是说，真正理解自己常沉迷之事的人，必须抓住救助的绳索。

《我的信仰是什么》

伟大人物的教诲——能将暧昧难懂的叙述，转变成清晰易解的叙述，才算是伟大的教诲。

《福音摘要》

宗教的本质全在于对下述问题的回答，"我为什么活着？我同我周围的无限宇宙的关系是什么？"

一切宗教的形而上学，一切关于神祗和世界起源的教义和一切外在的崇拜——它们通常被认作即是宗教——都不过是宗教存在的象征（按照地理、民族和历史背景的不同而区别）。从最严肃的到最粗俗的，没有一种宗教的本质不是建立人与他周围的宇宙或第一原因之间的关系的。无论是仪礼粗俗的宗教，还是崇拜高雅的宗教，其根本无不是此。一切宗教说教都表达了该宗教的创立者自己（以后是所有其他人）所认定的自己与面临的宇宙及其起源和第一原因之间的苯系。

《宗教和道德》

和哲学一样被人们赋予特权的科学，不论在世上是多么的意气风发，却不能说是安定及引导人心的指导者。宗教可以光大人类生命的意义，适用于人类各个层面的生活。所以，要是宗教阐述了错误的人生意义，在这个宗教的培养下成长的科学，可能也会致力于使这个错误意义适用于人类各个层面的生活上。

《我的信仰是什么》

称作教会的教会与基督教之间，不但在名称上毫无共通之处，还有两个完全敌对的原则。前者是傲慢、暴力、固执、自以为是、死亡；后者则是谦虚、忏悔、顺从、运动与生命。

《上帝的天国在你心中》

基督教的基本原则是人人平等，这不仅是因为他们同上帝的关系是平等的，而且因为他们作为上帝之子而互相是兄弟，彼此相识。

《宗教是什么？》

如果我们日夜过着漫无计划的享乐生活，我们就可以不需要上帝。但是，想到我是从何处来到这个世上以及死后何处去的问题时，我不能不去探索送我来到世上和即将来迎接我的冥冥中的主宰。将我送来这个世上的不可知之物，以及我又即将回去的不可知的地方，这一切我不能不去认识。

《人生之道》

人们在阅读福音书之时，不论托辞要复仇，还是为了保全自我、拯救别人，还是为了防止自己对邻人作恶等，而欲遵循福音的教诲，进而当一名基督徒，大家都知道，此时必得作一个决定，是要拼命地隐藏基督的教诲所要求人们的事，还是改用暴力——亦即对邻人作恶所支撑的生活。

《人生之道》

即使人们不知道自己时时刻刻都正在呼吸空气，但在开始窒息的时候，也会知道缺之即无法生存的某种东西消失了；就如同失去神的情况一般，人们常常无法理解自己为什么痛苦，而任由痛苦继续滋长。

《人生之道》

对于不是真心认识神的人来说，神根本是不存在的。

《人生之道》

所谓神，对信徒来说，最重要的，是他所有根本的根本、所有原因的原因，是超越时间和空间的存在，是理性的极限。

《教条神学的批判》

我们了解自己该做什么事，但却无从得知为什么要做这些事。注意到这一点的人，不能不时常保持谦虚。

《人生之道》

完全相信别人口中有关上帝的种种，绝不可能认识上帝。

《人生之道》

神是否存在与自己是否存在？几乎是同样的问题。

《日记》

经由别人口中得知上帝的种种，是无法真正认识上帝的，只有实行上帝的法则，即真正了解所有人们的法则，才能理解上帝。

《人生之道》

人心不正时，感觉不到神的存在，而且怀疑神的存在。

《人生之道》

所有无神论的概念或言论当中，没有比"教会"这个概念，更充满无神论调的概念或言论。

《教会与国家》

祈祷必须要付出真心，而且是内心的活动，不是教会的活动。耶稣并且告诉人们，我们不只是避免在这里所进行的一些事，像是判决、监禁、虐待、侮辱、责罚等，还要避免对别人使用暴力，以使自己能够逃脱囚牢的禁锢。

《复活》

如果基督教不教人们要憎恨作恶并爱你的敌人，也不教人不要以牙还牙，那么基督教就没有存在于世上的理由。

《笔记》

不要把宗教视为对死后的世界开出支票。

《人生之道》

某些制度越没有理性就越没有益处，其外在的威严也就越能将其包围起来。因为，若不这样做，可能就无法吸引任何人。

庄严和外表的美丽，便是显示缺乏理性及其有害本质之重要表征。

《人生之道》

人们不能夸耀自己的成就，因为不管自己成就了什么事，全都不是自己的作为，而是住在人们心中的神所完成的。

《人生之道》

每个民族都会有自称是唯一得知上帝真实法则的人存在。这些人为了证实自己所说的事，以及显示自己所说的法则才是真正的上帝法则，常常会声扬一些上帝的奇迹之类的事情。不仅如此，这些人将这些事记载在书上，并声称这是得自上帝的告诫，绝无虚假，而向人们传播。

《人生之道》

传教士们在坚忍耐苦之时，教会是存在的；当他们渐渐地变得脑满肠肥，他们的传教活动也就告终。

《怎么办》

真正的基督教，完全否定让政府与支配阶级拥有有利的立场，如阶级差别、财产的积蓄、刑罚、战争等。政府和支配阶级都了解这一点，因而他们认为，只有支持自己立场的宗教，才有去支持的必要。被教会扭曲的基督教，似乎对政府和支配有利，因此他们不停地歪曲真正的基督教，并把通往真正的基督教的途径，隐藏在人们的视线之外。

《关于信仰自由》

人要是过着邪恶的生活，会说："上帝是不存在的。"这时他并没有错，因为上帝只有对那些找到了他，并一步步迈向他的人来说，才是存在的。对于那些远离上帝、反对上帝的人来说，上帝是不存在且不能存在的。

《人生之道》

我们如果不用眼睛去看、不用耳朵去听、不用双手去触摸，可能就没有办法认识我们周遭的每件事物。如果我们不能靠自己去认识，那么我们就可能不会了解自己，连我们在周遭世界的所见所闻以及所接触的东西，都可能无法真正地领会。

《人生之道》

基督教诲的力量，并不在于基督对有关人生意义的说明。由这个说明衍生出来的，是有关人生的训示。基督有关形而上学的训示，绝对不是新的东西，其原本在人们的心中早已铭记，与全世界所有真正的圣贤对人类的教诲，完全一致。基督教诲的力量，就在于将这个形而上的教诲，应用在人类实际的生活上。

《我的信仰是什么》

一辈子五条件服从人类所制定的法律的人，会因此而非常肯定地放弃基督教，成为一个拥有在生活的任何情况下完全遵从内心所意识的人。

《上帝的天国在你心中》

只顾自己个人幸福的孤立生活，是相当愚蠢的，过这样愚蠢的生活必定会有愚蠢的死法。因此，我不能感到可怕。我和大家、和不实行基督教诲的人一样，将来有一天都会死亡。但是，我的生死对我以及所有的人来说，有其价值存在。我的生与死，对于所有人的生活，多少有点用处吧？

《我的信仰是什么》

我们应该保持这个理想的纯粹状态，并好好地宣扬它。最重要的是，必得信这个理想。

《克罗采奏鸣曲》

仆人不能听从主人以外的人之命令。人须得忠心不贰。

《上帝的天国在你心中》

曾经有个时代，教会指引着世人的精神生活。但是，教会虽然向人们保证幸福的生活，而事实上，教会却脱身避开因生活而引发的政府斗争。于是，教会的这种作为，使得教会违背了自己的使命，还引得人心向背。教会的毁灭，不是因为教会自身的堕落，而是因为在君士坦丁大帝（注：罗马帝国皇帝，赋予教会各种特权。274－337 年）时代受权力庇护的神职人员们，违背了劳动准则的缘故。因为他们有享受奢豪和怠惰的权利，导致教会的堕落；他们因为权利，而忘了为他人奉献的使命，全心全意只在教会的事物上。圣职人员们将他们的一切，都投注在怠惰与放纵之上。

《怎么办》

我们不靠祈祷，不靠圣礼或仪式，只是因为爱，而到达永恒。

《人生之道》

我并不把基督教当作是神的特殊启示，或是一种历史的现象。

在我心中，它是赋予我们人生意义的一种教诲。

《福音摘要》

并非经由斗争，也不是经由破坏现存的生活方式，而是要改变对生活的思考方法，就可以从人类之中解放出来。

《上帝的天国在你心中》

我们宁可依这样的感性来认识上帝，而非理性。如同在母亲怀里吃奶的婴儿一般，完全靠"感觉"来感觉母亲的温暖。

婴儿并不知道抱着自己、温暖自己的养育者是谁，但是婴儿知道这样的人存在，并在自己的意识之下爱着这个人。

《人生之道》

耶稣所教给人们的，是他本人的一举一动，也就是说，耶稣就是教谕。要做好事，人们见到良善，便会歌颂上帝。只有这个教谕，与世界同生，只要世界不毁灭，它就会永远存在。

《教条神学批判》

托尔斯泰

教会的教义已脱离了基督教的精神，并扭曲了基督教的教谕，甚至以其生活的全体来否定基督教的教谕。也就是他们非但不谦虚，而且自大、奢豪而不朴素；他们不责备别人，却用暗喻隐讽苛刻地奚落别人，他们不原宥别人的侮辱，而报以激烈的争执，他们不容忍罪恶，反而以刑罚来处置罪恶。

《教条神学批判》

没有信仰的人的生活，无非是动物的生活。

《我的忏悔》

真正的信仰，不在于星期几吃素星期几该上教堂，或用哪一种方式祈祷。真正的信仰是寓于乎日的爱、好的生活，以及待人如待己的习惯当中——这才是真正的贤者及所有民族圣人所教导给人们的信仰。

《人生之道》

真正的信仰不需要教会、装饰，也不需要圣歌和众多的教徒，真实的信仰只在寂静和孤独之中，浸透人心。

《人生之道》

信仰含有人生的意义，给予人们力量及生活的方针。活着的人，不论哪个都是得先寻求人生的意义，再据其生活的。不去寻求人生意义的人，与死去的人没有两样。

《教会与国家》

如果一个人过着不好的生活，那是因为他没有信仰。同理，如果某些国民过着不好的生活，那只是因为他们失去了信仰。

《人生之道》

对别人说谎话，实在是一件恶劣的事，然而对自己说谎，更是件糟透了的事。因为对别人所说的谎言，随时有被揭穿的可能，而欺骗自己的谎言，却没有人来揭发。所以，欺骗自己的谎言，愈发对人有害。因此，你要注意，不要对自己说谎，特别是有关信仰的问题。

《怎么办》

纯真的生命，活在信仰当中。

《我的信仰是什么》

信仰有两种，一种是尽信他人所说之事的信仰，这是对他人的信仰，这种信仰有很多种方式；另一种则是遵从赋予我们生命之主宰的信仰，这是对神的信仰，对所有的人类来说，这种信仰的方式只有一个。

《人生之道》

托尔斯泰

托尔斯泰年谱

公元纪年	年龄	记　　事
1828		8月28日，出生于莫斯科南方200公里处屠拉市郊的亚斯那雅·波里亚纳庄园。
1830	2	母亲玛利亚去世。
1837	9	全家迁往莫斯科。父亲病发猝死。
1841	13	迁往喀山的佩·伊·尤斯柯娃姑妈家。
1844	16	进入喀山大学，读文学系。
1847	19	闲居亚斯那雅·波里亚纳庄园，从事农业管理。
1851	23	前往高加索，加入军队，参加高加索原住民的战斗。完成了中篇小说《童年》《少年》《俄罗斯地主的故事》，短篇小说《突袭》《伐林》，中篇小说《哥萨克人》。
1852	24	在《现代人》杂志以"我的童年故事"为名刊出《童年》。
1853	25	克里米亚战争爆发，参加塞瓦斯托堡的防卫战，被任命为炮兵军士。这期间完成了战记《十二月的塞瓦斯托堡》《五月的塞瓦斯托堡》《八月的塞瓦斯托堡》。

公元纪年	年龄	记　　　事
1855	27	11月返回彼得堡，与尼古拉索夫（诗人），冈恰洛夫（评论家）、屠格涅夫（作家）及《现代人》杂志圈子里的文人会面。
1856	28	离开军队，闲居彼得堡、莫斯科、亚斯那雅·波里亚纳庄园。
1857	29	赴欧洲旅行，历游法国、瑞士及德国。
1859	31	离开《现代人》杂志。在亚斯那雅·波里亚纳从事教育活动，设立学校，并以《亚斯那雅·波里亚纳》为名，发行教育杂毒。发表短篇小说《暴风雨》《两个骠骑士》，中篇小说《青年》《一个地主的早晨》，短篇小说《D·涅夫鲁多夫公爵的日记》《阿尔拔特》《三个死》。
1860	32	再度赴欧，访问德、法、意、英、比等国。开始着手小说《十二月党员》。
1861	33	被任命为仲裁土地纠纷的调停人，参加实施"解放农奴"的运动。
1862	34	9月，与莫斯科宫内御医的女儿苏菲娅·安德烈耶芙娜·贝耳结婚。作品中有中篇小说《波里库士卡》《哥萨克人》及《关于国民教育》《训育与教育》《进步与教育的定义》等作品。

公元纪年	年龄	记　　事
1863	35	开始写《战争与和平》，在法庭，为因殴打长官而被判死刑的谢伏宁军队辩护。
1873	45	开始写《安娜·卡列尼娜》。
1874	46	发表评论《再论国民教育》。
1881	53	冬天住在莫斯科，夏天住在亚斯那雅·波里亚纳庄园。沙皇亚历山大二世遇刺，托尔斯泰上书亚历山大三世，请求赦免刺客。
1882	54	参加莫斯科人口普查，选出贫民较多的区域配合调查。作品有《忏悔》《教条神学批判》等。
1884	56	发表作品有《我的信仰是什么》《人生论》等评论。中篇小说《伊凡·伊里奇之死》。
1886	58	发表剧本《黑暗的势力》、喜剧《文明的果实》。
1887	59	中篇小说《克罗采奏鸣曲》发表。
1891	63	为救济因灾荒而饱受饥饿之苦的农民而工作。发表关于饥荒的评论、长篇小说《复活》。
1894	66	短篇小说《主与仆》。
1896	68	发表《艺术论》。
1900	72	发表《现代的奴隶制度》，戏剧《活尸》等。
1901	73	2月，东正教以《复活》的发行为由，将托尔斯泰驱逐出教。同年夏得重病，赴克里米亚休养。
1902	74	常与作家契诃夫、戈里奇等会面。

托尔斯泰

公元纪年	年龄	记　　事
1903	75	发表短篇小说《舞会之后》、中篇小说《哈治·穆拉特》、评论《莎士比亚与戏剧》。
1905	77	发表短篇小说《为什么》。
1908	80	发表评论《我不能沉默》。托尔斯泰八十寿辰。许多关于托尔斯泰的论文纷纷发表，其中以列宁的《列夫·托尔斯泰——俄罗斯革命的明镜》最具代表性。
1910	82	10月28日，离家出走，在途中染上肺炎。 11月7日，死于阿斯塔波车站附近。

托尔斯泰